明日、結婚式なんですけど!?

～婚約者に浮気されたので過去に戻って人生やりなおします～

1

登場人物紹介
アルフレッド
バルフォア侯爵令息。
一度目の時はミリアの婚約者だったが、
二度目ではルーシーに急接近してくる。
その言動には、彼なりの思惑があって……？
ミミリン
ルーシー
レイスター公爵令嬢。
ジャックの婚約者として妃教育に励んでいたが、
終始蔑ろにされていた。
彼らから一緒に過去に戻ろうと言われ、
その提案を受けることに。

アリシア
シャラド侯爵令嬢。
一度目では度々ルーシーに
嫌味を言ってきたが、
二度目では違った交流を持つことに。
リロイ
ルーシーが街中で出会った少年。
隣国のミラフーリス語を話すが、
その正体は……？
ミリア
ブルーミス男爵令嬢。
ジャックの浮気相手で、
人目をはばからずにいちゃつくことも。
ジャック
グライト王国の第一王子。
浮気相手のミリアと一緒に、
ルーシーに過去に戻ることを提案してくる。

CONTENTS

明日、結婚式なんですけど!?

~婚約者に浮気されたので過去に戻って人生やりなおします~

1

プロローグ

「私は彼女を心から愛しているんだ。だから君とは結婚できない」

婚約者の王子様、ジャック殿下は突然王宮に与えられた私の部屋へ訪ねてきたかと思うと、申し訳なさそうに頭を下げてそう言ってのけた。

レイスター公爵《こうしゃく》家の長女、ルーシー・レイスター。十八歳。

私は今、人生で最大の屈辱《くつじょく》を味わわされている。

そもそもこんな夜更《よふ》けにわざわざこっそりと訪問してきた時点で嫌な予感しかしなかった。いや、いい話であるわけがなかった。――なんたって婚約者たる私の部屋に、可愛《かわい》らしいご令嬢をベッタリとくっつけてきたわけだからね！

「紹介するよ、彼女が私の恋人であり愛する人、ミリア・ブルーミス男爵令嬢だ」

当然のように部屋に入り込み、私の対面のソファに二人寄り添うように並んで座って、自分がどれだけ彼女を愛しているか、彼女がいないと生きていけない、などなど、甘ったるいことを殿下は神妙《しんみょう》な顔でつらつらと並べ立てる。いや、もうどうでもいいんだけど。

とりあえず、問題だらけのこの状況、何が一番問題かって？

明日が私達の結婚式だってことだよ！


「君には本当に申し訳ないと思っている」

いやほんと、何考えてるの？　明日だよ？　あと数時間したら結婚式！

それを前日の、それも夜更けにいきなり「君とは結婚できない」？　いやいやいや。今更《いまさら》どうしろっていうわけ？　せめてもう少しどうにかできる段階で言ってくれないかなあ⁉

「私も悩んだんだ。だが、どうしても彼女以外を伴侶《はんりょ》に迎えるなど考えられない」

隣にベッタリくっついて座っているミリア男爵令嬢も、申し訳なさそうにしおれて見せているけど、口元ちょっと緩《ゆる》んでるぞ！　嬉《うれ》しいのを隠しきれてない！　わかるよ！　大好きな麗《うるわ》しい王子様が、自分のために婚約者に「結婚できない」って言い渡してくれたんだもんね！　どれだけ自分のことを愛しているか目の前で何度も言ってもらえて舞い上がるよね！　でもね、数時間後には私この人の妻になってるはずだったんだってば！

そう、数時間後には妻になる予定なのだ。ほんと、今更そんなこと言ってきて、このオウジサマはいったいどうしたいわけ？

「君にとっても、愛のない結婚をするのは不幸でしかないと思うんだ」

この段階で結婚取りやめだとか、私にとっては恥《はじ》でしかないんだけど？

うちの家名にも傷がつく。政略結婚ではあるけれど、今そんなことを言いだすくらいならばせめてもっと早ければどうにでもできたはず、たぶん。その場合でも恥をかき、傷が残るのは私なのが解《げ》せないけれど。でもさすがに今からどうにかできるわけがないでしょう。馬鹿じゃないの？　ていうか今の時点で私のプライドと尊厳はズタボロだよ……。殿下に愛はなかったし、私達はほとんど婚約者らしい交流もなかったけれど、これはさすがに酷《ひど》い。

その上、私に泥をかぶって屈辱にまみれて社会的に死ねと？

「ただ、私としても、君の名誉に傷をつけることや君に恥をかかせることはしたくない」

は？　いや、もう今の時点で屈辱でしかないわけだけど。

ここまでなんとか貼り付けていた仮面の笑みがいよいよ崩れそうだ。

そう思っていると、ジャック殿下は思いもよらないことを口にした。

「だから、一緒に過去に戻ってこの婚約を取りやめにしないか？」

「――――は？」

ついに笑顔の仮面が剥《は》がれた私は全然悪くないと思う。

第一章　二度目の人生のスタートです

「だから、一緒に過去に戻ってこの婚約を取りやめにしないか？」

「――は？」

いやいや、この人何言ってるの？

理解できない私が悪いのか？　そう不安になるほどジャック殿下は大真面目《おおまじめ》な顔で私を見つめている。

「ジャック様ぁ……」

私の呆《ほう》けた顔を見て、不安そうに殿下の袖口《そでぐち》をそっと引っ張るミリア男爵令嬢。

小柄で童顔、不安そうな目はうるうるしていて上目遣《うわめづか》いがよく似合う。なるほど、可愛いな！

殿下はこういう可愛い系が好きだったわけね！　近寄りがたいとよく言われる私に、文字通り決して近づいてこないわけだわ！

ジャック殿下は可愛い恋人の手にそっと自分の手を重ねて甘く微笑《ほほえ》むと、こちらに向かって真顔に戻る。変わり身が早い。

「すまない、説明が先だったな。君は我がグライト王国に伝わる『時戻り』の言い伝えを知っているだろうか？」

おっと、ミリア男爵令嬢の可愛さに感心している場合じゃなかった。

――『時戻り』の伝説。それはもちろん私も知っている。仮にも次期王妃となるべく、長い間妃《きさき》教育を受けていた身だから。

あ、「それなのに！」と思ってまた腹が立ってきちゃった。

「時戻りはただの言い伝えではなく、実在する秘術なんだ」

……ほう？

「王家に代々伝わる『時戻りの杯《さかずき》』を使い、百年に一度咲くという『星花《ほしばな》』から抽出《ちゅうしゅつ》したエキスをレシピ通り調合して飲む。そうすることで実際に時を戻ることができると言われている。ただ、星花は時戻りをしようがしまいがきっかり百年に一度しか咲かず、おまけにどこに咲くかが百年経《た》つうちにどうしても曖昧《あいまい》になる。だから実際に時戻りをすることはほぼ不可能に近いんだ」

時戻りの杯の話も教えられた知識の中にある。だけど星花については初耳だ。おそらく、万が一にでも私欲で時戻りを実行しないよう、王家にしか詳《くわ》しい内容は伝えられないのだろう。

今まさに、目の前の王子様は愛する人と結婚したいという私欲のために使いたいと言っているわけだけどね！

「その不可能に縋《すが》ってでも、時を戻ってこの婚約をなかったことにしたいと……？」

棘《とげ》がある言い方になってしまうのは許してほしい。

殿下にしてみればこの婚約をなかったことにしたいという以上に、『愛する彼女と結婚したい』

ということなのだろうけど。

「いや、実は数日前、たまたま星花を見つけたんだ」

「たまたま、ですか」

星花を見つけた……？　百年に一度、どこに咲くかもわからないと言われる花を、たまたま……？

「最初は私も、この結婚は今更どうにもできないと、諦《あきら》めるほかないと思っていた。けれど……君も知っているだろう？　長く王都に蔓延《まんえん》している怪《あや》しい薬の存在を。その薬のせいで何人も死者が出ているんだ。私は騎士団や研究者たちと一緒にその薬について調べていてね。薬の原料ではないかと疑われている植物を探しに目ぼしい場所を捜索中、偶然見つけたんだ」

今、地味に私との結婚を「諦めるほかない」って言ったわね。私そういうの忘れないわよ。

ていうかこの可愛いミリア男爵令嬢も、そういえば婚約者がいたわよね？　あれは確か……まあそんなことはどうだっていいか。

それよりも、偶然星花を見つけた？　そんなことってあるの？

「――これはもう、運命じゃないかと思って。ただ、私とミリアだけが記憶を持ったまま時を戻るのは、あまりに君に対しての誠意がないと思って、こうして君も誘いに来たんだ」

もっと詳しく話を聞くと、星花から調合した秘薬を、時戻りの杯を使って飲むことで時を戻るわけだけど、どうもその秘薬を口にした者は全員戻る前の記憶を保持したままでいられるらしい。もちろん殿下はミリア男爵令嬢と一緒に秘薬を飲んで、恋人同士であることを覚えたまま時を戻るつもりらしいが、そこに私も加えてくれるというわけだ。

確かに、別に黙って戻ってしまえば私への不誠実や裏切りをなかったことにできるのに、こうしてわざわざ私にも話をしてくれたのは一応彼なりの誠意のつもりなのかもしれない。

「禁書庫にあった時戻りについて書かれた本のレシピのとおり、もう秘薬は作ってあるんだ。……完成が今日の夕刻で、こうしてギリギリにはなってしまったけれど……とにかく、明日の結婚式までに私達は時を戻る。君はどうする？　記憶を持ったままでいたいか、どうか」

ここまで黙って話を聞いて、正直なところ、ふざけるな！　というのが私の気持ちである。

何に対してか？　もちろん全部に対してだ。

仮にも私という婚約者がいながら平気で恋人を作り、私との結婚を「仕方なく」「諦めるほかなくて」我慢して受け入れようとしていたことを本人に言っちゃうのもどうかと思うし（もうちょっと言い方考えられなかった？）、たまたま運よく見つかっただけの星花であるとはいえ、王家に伝わる秘術をそんな私欲のために迷いなく使うのもどうかと思う。なんていうか……二人にとっては切羽詰《せっぱつ》まった最後の手段で、絶望の中に飛び込んできた希望の光なんだろうけれど、そもそも私の心を踏みにじりすぎているとは思わない？

私は今、屈辱と怒りでいっぱいなのだ。

でも、私が何をどう言ったって、きっとこの二人は悠々《ゆうゆう》と時を戻る。

葛藤《かっとう》はある。腹立たしさは大きい。だけど、いったん二人のことを忘れて冷静に考えてみる。

よく考えると――そんなに悪い話でもないのかも。

記憶を持ったまま時を戻る。これは大きなアドバンテージだ。

別に何も悪だくみに使おうとか、これでお金を稼《かせ》ごうとかそんなことは思わないけれど。

頭によぎるのは一つだけ。


――お父様の命を、助けられるかもしれない。


四年前、私が十四歳になる誕生日の直前に病《やまい》で亡《な》くなってしまったお父様。

――ハイサ病。あれはその年に初めて流行した、なんてことない病気だった。

それ以降は毎年同じ季節に流行《はや》るようになった病気で、流行り始めてすぐにハイサ病の薬も開発された。きちんと薬を飲めばすぐに治るし、最悪薬を飲むのが遅くなっても少し寝込むことになるくらいで終わるはずだった。それなのに、そんな病でお父様はあっという間に亡くなったのだ。

もしかしてどうにかその死を防げるかもしれないと思うと、むしろ時を戻るメリットは私の方が大きいのではないか？

たぶん、殿下はそれもわかったうえで私にこんな提案をしたのだ。

君も嬉しいでしょ？　これでチャラにしてね！　ってところ？　やっぱりちょっとモヤモヤするわ……。

それでも……これは間違いなく私にとって降ってわいた幸運だ。

うん、そうだよ。このまま愛のない、心を踏みにじられた結婚をするしかなかったかもと思うとぞっとするし！　怒りはなくならないけど、これってすっごくラッキーなのかも！

お父様を助ける！

そして……できることなら私だって、私を愛してくれる人と結婚したい！

だんだん気持ちが乗ってきた。私は存外単純だ。怒りも忘れてむくむくと期待と喜びが湧き上がってくるのを感じる。

私は思わず身を乗り出し殿下の両手をガシリと握った。

あ、ごめんなさい、他意はないのよ。ミリア男爵令嬢、そんなに嫌な顔しないでってば！

「殿下、あなたのお気持ちはわかりました。一緒に時を戻りましょう……三人で」

こうして、急転直下の結婚式前夜、私の人生二回目のスタートが決定したのだった。

余談であるが、いざ時戻りの秘薬を飲む際の話。
ミリア男爵令嬢は殿下の後に私が時戻りの杯に口をつけるのをものすごく嫌がった。
私の後に殿下が飲むのもまたしかり。
……めんどくさい！
そりゃ嫌だろうけどこの一回くらい我慢できない⁇
まあ可愛いから許すけどさ。
私も愛する人ができれば彼女の気持ちがわかるのだろうか……？
結局、殿下→ミリア男爵令嬢→私の順で秘薬を飲んだ。
杯のここに口をつけろ、ここはダメだと厳しい視線で指導を受けた。

だから、めんどくさいってば！

それは私が十歳のときのこと。
「ジャック・リオ・グライト第一王子だ。よろしく」

キラキラと日の光を反射する銀髪に、夜明けの空を閉じ込めたような濃紺《のうこん》の瞳《ひとみ》。

まるで天使みたい！　と思った気持ちのまま、この人に恋をする未来もあったかもしれない。

……婚約者になったばかりのジャック殿下が、これ以降、私と目も合わさずにため息しかつかないなんてことがなければね！

ジャック殿下はどうしても私が気に入らないらしく、その態度は徹底していた。

妃教育の合間にと、週に一度と最初に決められていたはずの婚約者同士の親睦《しんぼく》を深めるお茶会は、気がつけば二週間に一度、一か月に一度とあっという間に頻度《ひんど》が減っていき、会っても顰《しか》め面《つら》でお茶を一杯飲んで帰っていく。

信じられる？　私が挨拶《あいさつ》をしても、ちらりとこちらを一瞥《いちべつ》するだけで返事はなし。どうにか歩み寄ろうと「お勉強はどうですか？」と話題を振ってみても「お前に関係ないだろう」と突き放され、「よかったらこの後庭園を案内してくださいませんか？」とお願いすれば「勝手に一人で見て帰れ」と置き去りにされる。それで諦めて最低限の挨拶のみで後は無心で時間が過ぎるのを待つようにすれば「愛想《あいそ》のない女だな」と罵《ののし》られ。いったい私はどうすればよかったっていうのよ！

ううん、わかってる。どうしたって受け入れる気はなかったのよね。結局私達が上手《うま》くいく可能性なんて万に一つもなかったんだわ。

ちなみに王妃様は、私達のお茶会はずっと週に一度のままだと思っていた。本来殿下とお茶をしているはずの三回に一回は、私は王宮の厨房《ちゅうぼう》に入り浸りおやつをもらって食べていた。

当然手紙のやり取りや、誕生日の贈り物なんかも一切なし。どんなに冷え切った婚約者同士でも最低限のマナーは守るものだと思うけど、この国の王子ともあろうものがそんな態度なのかとちょっと戦慄《せんりつ》した。

それから少し成長しても、隣に立つのは婚約者同伴必須のパーティーのエスコートのときのみ。それも、義務だから仕方ないとばかりに無言でファーストダンスまで踊り終えたらハイ解散である。

せめて体裁《ていさい》だけでも取《と》り繕《つくろ》ってほしいと「笑顔を浮かべることくらいしてくださいませんか」と言えば当てつけのように不機嫌な顔をされ、いつだって私は他の令嬢達にクスクス笑われていた。

そんな態度を王妃様に注意されるようになると公《おおやけ》の場では貼り付けた笑みを浮かべるようにはなったけど、時すでに遅し。その頃には私は同年代の令嬢や令息から侮《あなど》られ、馬鹿にしてもいい対象としてすっかり認識されてしまっていた。

おまけにあの男！　王妃様からの注意を私が泣きついたせいだと思い込んで、「親に告げ口するしかできない卑怯《ひきょう》な女」と罵ったのよ！　はあ⁉　あんなあからさまな態度でいて苦言の一つも呈《てい》されずに済むと思っていたのならとんだお花畑よね！　何度言い返したかったか。どうせ何を言っても聞くことはないとわかっていたから面倒だと無視したけれど。

王宮でも、十六歳から三年間通った王立学園でも、すれ違う時に目も合わせず当然会話もない。あれ？　この人私の名前覚えてるのかな……？　と思うくらいには名前を呼ばれたこともなかった。

もちろんミリア男爵令嬢の存在は知っていた。当然でしょう？　あれだけ噂《うわさ》になっていればね。

なるべく関わりたくなくて避けてはいたけれど、それでもところかまわずミリア男爵令嬢とべたべたと触れ合う殿下の姿は何度か目にしたたし、周りの意地悪なご令嬢方はわざわざ直接忠告してくださっていたしね。おかげで周囲に「肩書《かたがき》だけの婚約者様」ってますます馬鹿にされていた。

一応婚約者の義務として、最初の頃に数回「ご自分の立場をもう少し考えて行動してほしい」と注意してはみたものの、案の定「自分が愛されないことへの嫉妬《しっと》か？」と笑われて終わりだったわ？　何をどうすればそんな結論になるのかさっぱりわからなくって、酷い態度に慣れた私でもさすがにびっくりしたわよ。

私のことを気にかけてくれる人ももちろんいたけれど、あからさまな殿下の態度に私に関わると不興を買うのでは、という空気ができあがっていた。

それでも声を掛けてくれる人は、私が自分で遠ざけた。そんな優しい人を巻き込みたくはなかったから。おかげで友達はいなかった。これに関しては正直結構恨《うら》んでいる。

それでもこれは政略結婚。私に求められているのは愛し愛される王太子妃ではなく、将来の王を支え公務に邁進《まいしん》するお仕事人間なのだと自分に言い聞かせ、割り切り、勉強だけは必死に頑張った。

それなのに……結果はご存じのとおりである。

私を毛嫌いし、遠ざけ、それでも婚約者としたまま愛する機会も愛される機会も奪っておいて、自分は「愛を貫《つらぬ》きたい」ときた。

やっぱり、こうして思い返すだけでもはらわたが煮えくり返りそう……！

——私は決めた！　せっかく時を戻り人生をやり直すのだから、きっと愛し愛される結婚をすると！　そのためにも、私の記憶に暗い影を落とすジャック殿下とは、絶対に最低限しか付き合わない！

絶対に——！

はっと意識が覚醒《かくせい》する。

バチバチと視界が眩《まぶ》しく光り、何度か瞬《また》きを繰り返してようやく白い世界に色が戻る。

呆然《ぼうぜん》とした思いで何気なく自分の両手の平を見つめた。

手が……ほんの少し小さい気がする。

本当に、本当に時戻りはあったんだ！　時が戻った！　人生二回目の幕開けだ！　（途中からだけど）

体の感覚も戻ってきて、思わず立ち上がり小躍《こおど》りしそうになった瞬間、はたと気づく。

……ちょっと待って？

広いガーデンテラス。美しく整えられた庭園。

目の前に広がる真っ白なクロスのかけられたテーブル。その上の高級そうなティーセットと、香り立つ紅茶。大好きだった、甘いチョコレートソースでウサギやクマの顔が描かれた可愛らしいカップケーキ……。

ちょっと待て。

嫌な予感がして、恐る恐る自分の対面に視線を向ける。

おいー！　ちょっと待て!!

目の前の、呆然とした表情の天使のような男の子と目が合った。

「嘘《うそ》でしょう!?」

天使……もとい最後に見たときよりも少しあどけない顔をしたジャック殿下は私の言葉に反応して目を見開き、次いでその顔をくしゃりと嫌そうに歪《ゆが》めた。

おい！　殿下！　馬鹿殿下！

「もう婚約しちゃってるときに戻ってどうするのよ――!!」

それは間違いなく、殿下と私の婚約者としての親睦を深めるためのお茶会だった。

「状況を整理しましょう」

私の突然の大声に驚き集まった侍女や護衛達をなんとか誤魔化《ごまか》しなだめすかし、何かあればすぐに駆け付けられる程度の距離まで離れてもらって実質ジャック殿下と二人きりになる。

ちなみに、渋る護衛に「ちょっとだけ、内緒のお話がしたいの、お願い」と顔の前で手を組んで上目遣いをしてみたらあっというまに聞いてもらえた。まだあどけなさの残る今ならば「可愛げがない」と評判だった私でも可愛くおねだりできるのだ！　ちなみにあざとい仕草はミリア男爵令嬢の真似《まね》である。私は学べる子。

「周りの様子を見る限り、今は婚約して三年後、十三歳の春過ぎだと思ってよさそうですね？」

「どうしてそう思う？」

私は庭園の一角を指し示す。

「あそこだけ、バラの種類が違います。あのバラは国王陛下の視察先の隣国で新しく品種改良された新種のもので、バラのお好きな王妃様のために国王陛下が植え替えを命じられたものだと記憶しています。確か十三歳の春過ぎ頃がちょうどその時期ですので、間違いはないかと」

それにこのバラ、他のバラにはない甘い匂いが特徴的で私も好きだったのよね。うん、やっぱりいい匂い。

「君は、五年も経っているのに細かく覚えているのだな……」

「記憶力には定評がありますので」

おかげで妃教育の教師陣にも、飲み込みが早いと絶賛され大変気に入られていた。

ジャック殿下は仏頂面《ぶっちょうづら》で「そうか」と相槌《あいづち》を打つ。

「あの、今更こんなこと言っても仕方ないとはわかっていますが、婚約する前まで戻れなかったんですか？」

「……戻る時間は、戻りたいと願うその望みが叶《かな》えられるぎりぎりの時間までだと書いてあった」

「戻りたいと願うその望み……？」

「君は何を思って時戻りを決めた？」

時戻りを決めた理由？　まあ、愛のある結婚もその一つではあるけれど……一番の理由はもちろん。

「父の命を助けることですかね」

「君の父上のレイスター公爵は来年、私達が十四歳になる年に亡くなったと記憶している。十三歳に戻れば一年ある。それだけあれば十分準備してその死を防げるだろうな。……つまりそういうことだ」

どういうこと⁉

いや、言っている意味はわかる。わかるけど。

「殿下は⁉　殿下は私との婚約を取りやめたいと願ったのではないのですか？」

そうであれば戻る時間は私達の婚約が結ばれる前になるんじゃないの⁉

しかし目の前の外見天使は悔《くや》しそうに顔を歪めて言い放った。

「私は……そのつもりだったが、戻る直前あまりの喜びに思ってしまったかもしれない」

「何を」

「これでミリアと結婚できるのだな……と」

え？　どういうこと？　それでなんで十三歳で妥協《だきょう》されるの？

「つまり、私の願いは君との婚約が解消されさえすれば叶う。正式に婚約発表のパーティーを開いたのは学園入学前、十五歳のデビュタントでのことだ。……それまでは大丈夫という判断なのだろう」

はあ？　ていうかそれって誰の判断？　……たぶん、あなたのですよね⁉

思わず殿下をじとりと睨む。

つまり何？　要するにそれって、やっぱり意識のどこかで婚約解消してミリア男爵令嬢――もうミリアさんでいいわね。ミリアさんと結婚できれば、私が恥をかくだとか、レイスター公爵家の名に傷をつけるとか、そんなのどうでもいいと思ってたってことじゃないの？

なんて嫌な奴なのか！　やっぱり一緒に時戻りしてよかった。

そうでなければどんな理不尽《りふじん》な行動をされたことか……。

「殿下……私、あなたにみじんも興味はなかったけれど、今日から嫌いになりました」

心の叫びのまま、できる限り睨《にら》みつけてそう告げる。

不敬？　知ったことか！　この湧き上がる怒りをどーしても！　伝えたい衝動《しょうどう》に抗《あらが》えなかった。

殿下は目を丸くして私を見つめた。

そして次の瞬間、「ぶふっ」と音まで立てて思い切り噴き出した。

……いやなんで？

殿下はクスクス笑いながら、上目遣いでこちらを見る。

……その顔やめろ、可愛いな、外見天使。（中身はくそやろう）

「君もそういう顔でそういうことを言うんだね……我儘《わがまま》で傲慢《ごうまん》でいけ好かないだけの、その辺によくいるつまらないご令嬢と同じだと思っていた」

「はあ」

とんでもないことを平気な顔で言い放つ殿下。

私以外にはちゃんと優しい王子様だと思っていたけど、周りのご令嬢を一括《ひとくく》りにそんな風に思っていたのか。

ていうか本当にものすごい言われようだ。私に対しては初対面からずっと嫌っていたみたいだったけど、どの時点でそこまで嫌うほど我儘で傲慢でいけ好かないと判断したの……？

とりあえず、文句を言う気も起きないほど私や他の令嬢への偏見《へんけん》がすごい。

「私のことが大好きな君がまさかそんなことを言うなんてね。ミリアのことを聞いてようやく吹っ切る気になったのかい？」

「は？」

「ん？」

今この人、なんて言った……？

殿下も私のぽかんとした様子に違和感を抱いたようで、不思議そうに首を傾《かし》げている。

いやいやいや。

「あの……誰が誰を大好きですって……？」

「君が、私をだろう？」

「……私、殿下のことを好きだったことなんてありませんけど」

「えっ」

殿下は私の言葉に口をあんぐりと開けた。心底びっくりしたみたいな顔してるけど、こっちがびっくりだよ……！

「……強がっているのか？　……と、思ったけど、どうもそうでもないみたいだね……」

「はい」

とりあえず即答すると殿下は両手で顔を覆《おお》った。

「そもそもどうしてそのような勘違いを？」

「勘違い……それは、だって、君が」

「私、一度でも殿下のこと好きだとか言ったことありましたっけ？」

「それは……ないな」

「そうですよね？　好きだとか以前に、私達ろくに会話したことすらほとんどないんですもの」

「なんてことだ……」

そう呟《つぶや》いたきり頭を抱えてしまった様子を見るに、どうやら本気で私が殿下を大好きだと思いこんでいたようだ。

いやいや。今までの私達の関係でどうしてそう思えたのよ。頭の中お花畑か。

項垂《うなだ》れたままの殿下を無視して目の前のカップケーキを食べる。

お、クマさんがチョコ味でウサギさんがイチゴ味ね！　うーん、やっぱり美味《おい》しい！　あるはずのお茶会がない日は嬉々《きき》として厨房に入り浸るくらいには、私はこの王宮お抱えのパティシエが作るお菓子が大好きだったのだ。

しばらくそうしてお菓子を堪能《たんのう》していると、殿下がおもむろに口を開いた。

「母上が……母上が言ったんだ」

「はい？」

「この婚約は私に一目ぼれした君がどうしてもとレイスター公爵にねだって結ばれたものだと」

「は……？」

思わずお菓子をすくったフォークを口に運ぶ手が止まる。

「当時十歳とはいえ、その頃からご令嬢達の媚《こび》を売るような態度や、他の令嬢を蹴落《けお》とそうとするような醜《みにく》い姿ばかり見ていてうんざりしていたんだ。そこにきて君との婚約が君の気持ちで成ったと聞いて……権力を使って自分の我儘を通すとはなんて奴だと、会う前から君のことが大嫌いになった」

なるほど、それでさっきの「我儘で傲慢でいけ好かない」に繋《つな》がるわけか。なんとなく読めてきたぞ。

きっと王妃様は良かれと思ってそんなこと言ったんだろうな～。妃教育でよく会っていた王妃様を思い浮かべる。王妃様と国王陛下は政略結婚ではあったものの互いに会った瞬間恋に落ち、恋愛結婚の夫婦も真っ青のラブラブっぷりだ。もちろん陛下は側室《そくしつ》も愛妾《あいしょう》も持たず王妃様一筋。そんな王妃様、公務はばっちりこなすものの、元々おっとりと優しく可愛らしい人だから、きっと「自分たちみたいになれるように」とかなんとか考えたのではないだろうか。

……完全に逆効果ですよ、王妃様！　息子の気持ちを見誤りすぎている……！

「それで、私に対してずっと嫌悪《けんお》感もあらわな態度だったんですね」

「すまない」

「とりあえず、誤解が解けたようで何よりです。ありもしない恋心を疎《うと》まれるなんてさすがに遠慮したいので」

「すまない」

「でも、もしも私が本当に殿下をお慕《した》いしていたとして、ここまでの態度でさすがに恋慕《れんぼ》の気持ちも消えてなくなっていると思いますけど」

「すまない」

「それから、あと一つ言わせていただけるなら。もし殿下の勘違いが勘違いではなく事実だったとしても、それでも一応婚約者。殿下の態度は決して許されるものではありませんでしたよ」

「すまない……」

さすがに自分の勘違いに気づいていたたまれないようで、殿下はどんどん俯《うつむ》くばかり。「すまない」しか言わなくなっちゃったし。

まあいいか。本当に殿下に恋をしていたなら今までの仕打ちは耐えられなかっただろうけど、私は幸《さいわ》いそうではない。こうして殿下をたてる必要がなくなった今、言いたいこと言えて少しスッキリしたし。

「まあそうやってご令嬢方に対して穿《うが》った見方しかできなかった殿下に、ミリアさんという最愛が見つかって良かったではありませんか。あのまま結婚する羽目《はめ》になっていたらきっとこうして誤解が解けることもなく、仲の悪い夫婦になったのは目に見えていますし。私も誤解が解けて良かったです。……ある意味ミリアさんのおかげですね」

なんたってミリアさん、可愛いし。やっぱり可愛いって正義よね。恋愛対象というわけではないけれど、可愛い子って癒《いや》されるのよね。思い出して思わず顔が緩む。こんな出会いでなければミリアさんとも仲良くなりたかったな〜。

よし、殿下と婚約解消したら今度こそ可愛い女の子のお友達をたくさん作るぞ！

それによく考えれば一度目は妃教育に時間を縛《しば》られていて、やりたいと思うことを実際にやれたことなんてほとんどなかった。こうなったら友達をたくさん作って、やりたいことはどんどんやるのよ！

幸い「やらなければいけないこと」（例えばお勉強とかね！）は一度目の経験があればそこまで時間をかけずともなんとかなるはず。私は……今度は周りの目を気にせずに自分の思うように生きる。

そんな風に決意していると、なぜか殿下は目を丸くして呆然としていた。

「殿下？　大丈夫ですか？」

「――ああ、いや、すまない。つくづく君のことを誤解していたと思って。……実は、時戻り前、ミリアは令嬢方に随分《ずいぶん》と嫌がらせを受けていたようなんだ」

「まさか、それを私が行っていたと思ってたんですか……？」

「だが、ミリアがそう……いや、君はそんなことしそうにないよな。本当にすまない」

さすがに心外である。……まあもういいか。全部誤解ってわかってもらえたわけだし。怒っているのって疲れるのよね。

それにしても、ミリアさんってそんな酷い目にあっていたの？　聞いたことなかったから知らなかった。私に友達がいないから誰にも教えられなかったのかしら？　さすがに耳に入りそうだけど。

まあ男爵令嬢が婚約者のいる王子様の恋人だなんて、確かにご令嬢方は面白くないだろうし、格好の餌食《えじき》よね。もちろん悪いことだけど、彼女が責められるようなことをしているのにも原因があると思う。

「……とにかく、私が言うことではないが誤解は解けた。これからは友人として、私が無事ミリアと結婚できるように協力してくれないだろうか？」

この王子様、私に気持ちがないとわかった途端《とたん》図々しいな！

まあ協力するのはいいけど！　言っとくけど、それとこれとは別で私への仕打ちを全部なかったことにできるわけじゃないんだからな！

「……その代わり、私の父を助けるためにもいざというときは手を貸してくださいね？」

「もちろんだ」

とにもかくにも、殿下なんかと絶対関わらないと決めた私の誓いはものの数十分で終わることとなり、私と殿下は通算九年の付き合いにして友達になったのだった。

あってないような九年だったけどね！


ジャック殿下とミリアさんが無事婚約を結べるように協力をする――。

私に求められることは、「とりあえず婚約者でいること」だ。

ミリアさんは男爵令嬢。過去に男爵令嬢から王妃に上り詰めたご令嬢もいないわけではないし、現国王夫妻、とりわけ王妃様は恐らく殿下の想いを無下《むげ》にはしないだろう。私と殿下は政略結婚とはいえ、裏を返せば「他国の姫君を娶《めと》る必要があるほど政略を必要としていない」状況である。別の形で我が家が王家の後《うし》ろ盾《だて》であることを明言すれば問題はないはず。

ただし、お披露目《ひろめ》がまだとはいえ一応正式な婚約を結んでしまっている以上、「ハイ、じゃあ解消で！」とはいかない。残念ながら段階を追って準備を整える必要があると思う。

それに、ミリアさんを迎える準備ができる前に婚約を解消すれば、すぐに「自分の娘を婚約者に」と望む家が数多《あまた》出てくるだろう。

それを防ぐためにも、とりあえずは私が婚約者のままでいて、「防波堤」の役割をしてほしいわけだ。

テーブルに置かれた一枚の紙を手に取る。招待客リストだ。

私の「防波堤」最初の仕事である。

数日後、この王宮の庭園で私達と同年代の貴族の子息令嬢達を招いてお茶会が開かれる。記憶にもある。正式な婚約披露パーティーは十五歳で行うとはいえ、基本的には私が殿下の婚約者であることは決まっていて、そのお茶会にもパートナーとして参加していた。二度目の今回もそうなるわけだ。

どうやらこの日の殿下とのお茶会で、私と殿下は招待客を確認するように言われていたらしい。

「あら？　このお茶会にミリアさんも来ていたんですね」

「そうだ、学園でミリアと親しくなった後に言われた。私とミリアの最初の出会いは実はこの茶会だったらしい。確かに可愛らしいご令嬢と話した記憶はあったんだが、それがミリアだったと聞いたときはまさに運命だと思ったものだ」

頬《ほお》を染めてうっとりとそんなことを話すジャック殿下。

乙女《おとめ》か！　あとかなり堂々と惚気《のろけ》始めたけど、解消予定とはいえ一応あなたの惚気聞かされているの、婚約者なんですけどね……？

それはそうと。

「ミリアさん、私が婚約者として殿下の隣でお茶会に出席するの、許せるのかしら……？」

「……」

殿下はまさかのだんまりだ。

私は時戻りの際の彼女の様子でもうわかっている。彼女は……ものすごーく独占欲が強いのだ。

「殿下……きちんとミリアさんへフォローしておいてくださいよ？　仕方ないこととはいえ、きっと悲しむと思いますよ？」

「……わかっている」

「今回は仕方ないですけど、早くミリアさんを婚約者としてお茶会や夜会に出席できるように頑張りましょうね」

そして、私のお父様の命を救うのもどうか一緒に頑張ってくださいね！

そんな願いを込めてにっこり笑いかけると、なぜか殿下は目を丸くした。今日一日でこの人何回この顔をするんだろうか？

「君は……そんな風によく話す人だったんだな。本当に今まで私は何を見てきたんだろうな」

正直それはもう本当に別にいいんだけどな。

お茶会が終わる時間が近づくにつれ、私はものすごくそわそわしていた。

「気持ちはわかるが少し落ち着け。君にとっては四年ぶりの奇跡の再会でも、君の父上にとっては数時間ぶりなんだからな」

「わかってますけど……どうしてもちょっと緊張しちゃって」

まあそうだろうなと苦笑する殿下。

殿下とのお茶会の後は、いつもお父様が私を帰りの馬車までエスコートしてくれていたのだ。お父様はこの国の高位文官だ。私のことが大好きで、少しでも一緒に過ごしたいからと仕事の合間に迎えに来てくれていた。

……来年、十四歳になる年に亡くなってしまったお父様。

体感としては四年ぶりに大好きなお父様に会えるのだ。緊張しないわけがない。

「君はいつも無表情で、冷たい目をしていて、近寄りがたいと周りは皆口を揃《そろ》えて言っていた」

「はい……？」

え？　いきなり何？

「誰かと笑いあっている姿もほとんど見たことがないし、リラックスしているようなところも見たことがない。我儘で傲慢で、冷たい人形のような人なのだと思っていたんだ」

ええー？　それ、ほとんど殿下のせいだと思うんですけど……？

突然始まった悪口のオンパレードに、だけど殿下の表情はなぜか穏《おだ》やかで戸惑《とまど》ってしまう。

よほど私が微妙な顔をしていたのか、殿下はふっと笑った。

「まさかそんなにも君がよく喋《しゃべ》り、表情をくるくる変える感情豊かな人物だとは夢にも思わなかったんだ。君をそんな風にさせていたのはきっと私だったんだろうな。……何年も、君という人間を決めつけて、踏みにじるような真似ばかりして本当にすまなかった」

まさかの謝罪である。こうして話してみると殿下も悪い人ではないんだよね。かなり盛大に拗《こじ》らせていたってところだろうか。

「……私も、はっきり嫌いだなんて言ってすみません。あの時は興奮してあんな風に言いましたけど、嫌いだとは思っていませんよ」

あの瞬間は本当に大嫌いだと思ったけど、それは黙っておくことにする。

「ははは！　そうだな、嫌わずに友人として親しくしてくれれば嬉しいよ」

「――ルーシー」

はっと息を呑《の》み振り返る。

「お父様！」

呼びかけられた声の先に、その人は立っていた。

思わず駆け寄り、飛びつくように抱き着いた。

――お父様！　本当に、本当に生きてる！

時戻りをしても、この目で見るまで安心できなかった。

大きくて温かくて、大好きなお父様の匂い……。

ぎゅうっと首に回した腕に力を込めて縋りつくと、お父様も私を抱きとめて大きな手で頭を撫《な》でてくれる。本当にまた、お父様に会えるなんて！　胸が詰まって息が苦しい。

「え⁉　ルーシー⁉　なんで泣いてるの？　……まさか、殿下が何か……？」

「⁉　わ、私は何もしていない！」

私が泣いて泣いて否定できないもんだから、殿下はしばらく無意味にネチネチ言われていた。

ごめんね殿下！

「ルーシー、本当に殿下に何かされたわけじゃないのかい……？」

「ええ！　本当に何でもないの。突然泣いたりしてごめんなさい」

「そんなことは気にしなくていいんだよ！　お前に何かあったわけじゃないならそれでいいんだ」

ニコニコと微笑みながら私の頭を撫でてくれるお父様。今私は馬車に揺られながら、お父様の膝《ひざ》の上に抱きかかえられて座っていた。十三歳にもなって（おまけに心は十八歳）恥ずかしいとは思うけど、今は素直に甘えていたくて大人しく首に腕を回して抱き着いている。

小さい頃はよくこうして甘えながら話を聞いてもらってたなあ。くっついているとお父様が温かくて、本当に生きてるんだって改めて感じる。あ、ダメ、また泣いちゃいそう。

「ルーシー⁉　やっぱり何かあったんじゃあ……！」

「ふふ、本当になんでもないの。ただ幸せだなって思ったらちょっと泣きたくなっただけ」

屋敷に帰りつくと、我が家の飼い猫ミミリンが私に向かって飛びついてきた。

「にゃぁ～ん！」

「わ！　ミミリン！　どうしたの？　随分熱烈なお出迎えね！」

「お帰りなさい、あなた、ルーシー……えっ⁉」

お母様がミミリンを撫でる私を見てピタリと止まる。

「ルーシー⁉　何があったの⁉」

あはは、そうなるよね……大泣きした私の顔はきっと酷いことになってると思う。

「お父様にも言ったけど、本当になんでもないの。ね、心配しないで？」

その後、夕食の席で顔を合わせた弟のマーカスにも随分驚かれてしまった。

「姉さん⁉　その顔どうしたの⁉」

……本当に申し訳ない。

それでも気にしないでと言い張る私に、家族は皆それ以上追及しないでいてくれた。聞かれても答えられるわけがないものね？　正直助かった。

久しぶりの家族全員が揃った一家団欒《だんらん》。お父様が亡くなるまでは当たり前にあった温かい時間だけど、これが決して当たり前なんかじゃないのだと私はもう知っている。

なんて……なんて幸せな時間なんだろう。

「お父様！　このお魚すっごく美味しいわ！　はい、あーん！」

「あーん⁉　ううっ、ルーシー、そんなことしてくれるのは随分久しぶりだね……！」

マナーが身についていくにつれて、こういう戯《たわむ》れはしなくなったものね。でも今日は特別！

感激するお父様を見ながらマーカスが声を上げる。

「あっ！　父さんだけずるい！　じゃあ姉さんには僕が！」

「あらあら、私の可愛い子供たちは今日は随分甘えん坊なのね？」

優しく微笑むお母様。お父様が亡くなった後、お母様の笑顔も随分減ってしまっていた。お母様だけじゃない、私も、マーカスも、使用人の皆《みんな》だってそう。こんなに仲の良い家族から突然一人欠けてしまって、まるで別の家になってしまったかのようだった。

時戻りして良かった。殿下が星花を見つけて、ミリアさんとどうしても一緒になりたいと望んでくれて、本当に良かった。

夕食の後、皆でお茶をしながら他愛《たわい》のない会話を交わす。直接問いただされることはなかったけど、皆突然泣いた私のことをすごく心配してくれているのがわかった。ミミリンがずっとお父様の足元で丸くなっていて、そんな些細《ささい》なことも四年ぶりだと感慨深い。

改めて思う。きっとお父様の死を回避して、この温かい家族の時間を守ってみせる。

――その夜、ルーシーが寝静まった後。

レイスター公爵家には重い空気が流れていた……。

テーブルを囲むのは三人。

父、クラウス・レイスター。

母、ルリナ・レイスター。

ルーシーの一歳年下の弟、マーカス・レイスター。

「みゃー！」

あと猫のミミリン。

「では、家族会議を始めます」

娘ラブのクラウス・レイスターは、妃教育の成果もありすっかり家族の前以外で感情を見せなくなっていたルーシーの王宮での突然の涙を、本人の「なんでもないから」の言葉で片づけられるような男ではなかった。

「ルーシーちゃんがあなたに縋りついて号泣《ごうきゅう》したっていうのは本当のようね……」

「夕食の席でも妙にテンションが高かった。いつもの姉さんの二割増しだった。無理して元気に振る舞っていたんじゃ？　くっ……なんて健気《けなげ》な姉さん……っ！」

「ルーシーは否定したが、どう考えても殿下のせいとしか思えない。くそっあいつめ……やっぱり一発殴《なぐ》って帰ればよかった」

「とにかく！　何があったのか調べましょう。今までは辛《つら》い妃教育もルーシーちゃんが何か言ってくるまでは見守りましょうのスタンスだったけれど、そうも言っていられないわ」

妃教育が厳しく辛いものであることは受けたことのない者でもわかることだ。王城へ通うようになってから、どんどん元気がなくなっていく娘のことを心配してはいたものの、それでもルーシーが頑張っているようだったので黙って見守っていた。妃教育に励んでいるなら水を差すものではないと思っていたし、ルーシーを信頼していたからこそ余計な手出しはせずにいた。だがもしも彼女を傷つける何かがあったかもしれないのなら話は別だ。その原因が婚約者である男かもしれないのならなおさら……。

「僕は最初から殿下は姉さんを任せられるような男じゃないと思ってたんだ！」

「にゃおーん！」

勘違いのような勘違いではないような内容の会議を続け、レイスター家の夜は更けていった。

今日は王宮の庭園で開かれるお茶会の日。

基本的には高位貴族か、裕福な低位貴族の子息令嬢が呼ばれている。

同年代の子供達で交流を持ちましょうってことで開催されたお茶会だけど、ジャック殿下の将来の側近候補を見繕ったり、この年代の子供たちに将来有望な子がいないか、その資質を見たりする意味合いも大きい。

「ごきげんよう殿下、ルーシー様」

「ごきげんよう、アリシア様。今日は一緒に楽しみましょう」

にっこり笑って挨拶を返す。

このお茶会は王妃様主催なのだけど、私は一応ジャック殿下の婚約者として主催者側の人間扱いだ。殿下と並んで招待客の挨拶を順番に受けていく。王妃様が顔を出すのは会の後半になる予定。

一度目は私も殿下も一言も無駄《むだ》な声を発さず、黙々と笑顔を貼り付け挨拶を返した。けれど今の私達は友人。ボソボソと二人にしか聞こえない小声で、合間に気の抜けた会話を楽しんでいた。

「……ねえ、アリシア様は今日も絶好調ね。当たり前だけど一度目と全く同じで笑っちゃうわ」

「時戻りをしてまだ他の貴族たちと関わっていないからなあ。今日を境に少しずつ変わっていくんだろうな」

アリシア様はシャラド侯爵《こうしゃく》家のご令嬢で、ジャック殿下を慕って学園でも追いかけまわしていた姿が印象的だった。今も挨拶の一瞬で私を探るようにじーっと見ていた。ああ恐ろし。覚えてる覚えてる、この感じ！「肩書だけの婚約者様」って私に向かって一番多く言ったのも確かアリシア様だった気がするわ。

「わっ、懐《なつ》かしい～ユギース子爵《ししゃく》家の長女だわ。ユギース子爵家は学園入学前に隣国に移住しちゃって、このお茶会以降会ったことがなかったのよね」

「ユギースは薬師《くすし》の家だからな。移住理由は隣国の土が薬草栽培に適しているからだと言っていた。ハイサ病の薬を開発したのはユギース子爵だぞ」

「まあ、そうなの？」

薬。薬かあ。お父様の死を回避する手段の一つとして、ハイサ病の薬になる薬草を育ててみるのもいいかもしれない。薬を開発するのは一度目と同じくユギース子爵であるべきだから、ユギース家と前よりも繋がりを持つようにして……今日はこの後、長女のマリエ様と絶対お話ししよう。

「あらっ？　あれは確か……」

ちらりと殿下を窺《うかが》うと、厳しい目でその人物をじっと見つめていた。

「あれはアルフレッド・バルフォア。バルフォア侯爵家の嫡男《ちゃくなん》で——ミリアの婚約者だった男だ」

彼、アルフレッド・バルフォアは一人つまらなそうな顔で挨拶の列に並んでいた。

そうそう、この人がミリアさんの婚約者だった人だわ！

栗《くり》色の髪の毛に空色の瞳の優しそうな美少年。まだ十三歳だもんね。あと二年して学園に入学するころにはかなりの美青年に成長して、女子生徒からの人気も高かった気がする。

それにしても、ミリアさんが男爵令嬢なのに、婚約者だった彼は侯爵家だったのね？　恋愛結婚ならばままある組み合わせではあるけれど、ミリアさんはのちのち殿下の恋人になったわけだし……政略結婚にしては身分差が大きい気がする。

「バルフォア侯爵家はもう少し後、没落《ぼつらく》間近というところまで落ちぶれる。そこで裕福なブルーミス男爵家のミリアと婚約するんだ」

「そうだったのね……」

「ブルーミス男爵は大喜びだったそうだよ。ただ私は、バルフォア家の没落騒動はアルフレッドの策略ではないかと少し疑っている」

「え？　自分の家を没落寸前まで追い込んだっていうこと？」

「ああ。アルフレッドは……ミリアに異常に執着していたらしい。ミリアに話を聞いて私も驚いたものだ。あれは危険な男だ。君も気をつけろ」

なるほど。ミリアさんを手に入れるために家を陥《おとしい》れたのだとしたら確かになかなかのものだわ……。うーん、可愛い子って大変だ。そういえば学園でも、殿下以外にもたくさんの高位貴族の令息がミリアさんに夢中だった。婚約者でありながらそんな人気者の彼女を射止められなかった彼もなかなか不憫《ふびん》ではある。

アルフレッド様を見ると、目が合った。

驚いたのか、少しだけ見開いた空色の瞳がすごく綺麗《きれい》に見えた。

「――悪い人には、見えないけど」

私の呟きに、殿下は盛大に顔を顰めた。


今日のお茶会はガーデンパーティー形式で、一応の席はあるものの自由に移動したり、ビュッフェスタイルのお菓子や軽食を自分で好きなだけ取って食べたりできる。

だいたいの挨拶も終わり、参加者は思い思いにお茶会を楽しんでいた。

そんな中、一通り参加者のご令嬢とお話をした後の私はというと。

「あーあ、なんだか一度目より疲れちゃったわ……」

……案の定不機嫌オーラ全開のミリアさんに耐えかねて、会場からは死角になる庭園の奥の方へ一人逃げてきていた。

だって、めちゃくちゃ怒ってるんだもん！

参加者のなかでも最後の方に挨拶に現れたミリアさんは、それはそれは鋭い目つきで私を見つめた。その目が言っていた。「近い、ずるい、ふざけるな」って！（私の勝手な解釈だけど）

もっと簡単に言うとものすごく睨んでいた。私のせいじゃないんだってば！　そんなことは言えないので笑顔の仮面で対応したけどね。

「はあ……」

無駄に気疲れしてしまった……。

一度目の、ただ無感情に殿下の隣に座ってればいつの間にか終わったお茶会がほんのちょっとだけ恋しい。

ミリアさんの表情を思い出して、思わず体が震えた。

殿下、あとでなんとかフォローしといてよね……。

「ここでいっか」

庭園の奥にぽつんと置かれたベンチに座り、ドレスのポケットの中からハンカチの包みを取り出す。それを膝《ひざ》の上にそのまま広げた。

ふふふ、一人でゆっくり食べようと思ってクッキーとマドレーヌをいくつか拝借してきたのだ！

「ん～！　やっぱり美味しーい！」

婚約前ではなく、十三歳に時戻りしてよかったことの一つ。

王宮お抱えのパティシエ、バルナザールさんとの絆《きずな》がなくならなかったこと。

このクッキーもマドレーヌも、私が大好きだと言っていた味だ。最高。バルナザールさん大好き。

今度王宮に行ったときにお礼を言いにまた厨房へ行こう。（そしてまたお菓子を貰おう！）

そんな風に一人ホクホクな気持ちでお菓子を頬張っていると、庭園の向こう側から不意に誰かが顔を覗《のぞ》かせた。

「――あ、レイスター嬢……」

呆けたように私の名前を呟いたのは、さっき気をつけろと言われたばかりのアルフレッド・バルフォア侯爵令息だった。

アルフレッド様は少し迷うようなそぶりを見せたあと、ゆっくりこちらに近づいてきた。

「あの、お隣失礼してもよろしいですか？」

「あ、はい、どうぞ」

思わず返事をしてから気がつく。――私、齧《かじ》りかけのマドレーヌを手に持ったままだわ。

一瞬どうしようかと迷って、まあいいかと思いなおす。アルフレッド様が隣に座るのを横目で見届けながらもうひと口マドレーヌを頬張った。

「ふふっ……マドレーヌ、お好きなんですか？」

アルフレッド様は肩を震わせている。

え、私、もしかして笑われているの？　さすがに恥ずかしくなって俯いた。顔も熱い。ちょっと赤くなってるかも。やだ、時戻り前はいつだって無表情だって怖がられていたこの私が？　一歩家の外に出れば何にも動じることはなかったのに！　……動じるようなことが起こるほど、他人と交流がなかったというのは気づいてはならないことである。

彼はそんな私の様子を見て、

「ああ、ごめんなさい、あまりに美味しそうに食べていらっしゃるから思わず……失礼いたしました」

そう困ったように笑い、丁寧《ていねい》に頭を下げた。

「……いえ。あの、マドレーヌも他のお菓子も好きです。よかったら一緒に食べますか？」

「え？　いいんですか？」

「私のハンカチの中のものでよければ」

彼はもう一度おかしそうに笑って、差し出したマドレーヌに手を伸ばした。

「――まあ！　それであなたはどうしたんですか？」

「どうにか誤魔化そうとして、同じ物を作って置いておけばいいんじゃないかと厨房に入りました。それで……」

「それで？」

「もちろん大失敗。卵は五つも無駄にして、厨房は粉まみれになり大惨事《だいさんじ》。あれほど素直に怒られておけばよかったと思ったことはありません」

「ふふふ、結局余計に怒られてしまったのですね」

「その後ひと月も甘いものを食べさせてもらえませんでした」

私はアルフレッド様とすっかり打ち解け、仲良くなっていた。

殿下には確かに気をつけろって言われたけど、こんなに人懐《ひとなつ》っこい人のいったい何に気をつけたらいいの？

今は彼が軽い気持ちでつまみ食いしたお菓子が実は大事なお客様にお出しするはずのものだとわかってゾッとしたときの話を聞いていたところ。結局お菓子は人気の菓子店のものを慌《あわ》てて買いに走ったらしい。

アルフレッド様は甘いものがお好きなんだとか。私と同じね！　おかげで話もよく合った。ハンカチに包んだクッキーとマドレーヌはとっくになくなっていたけれど、私達はそのまま二人でおしゃべりしていた。

――この人が危険な男？　こんなに無邪気《むじゃき》に笑う人が？

殿下よりよっぽど純粋な人に見えるけど……？　なんて、そんなことは言えやしない。まあ、ミリアさんを巡る男同士、何か相容《あいい》れないものもあるのかもしれない。

「名残惜《なごり》しいですがそろそろ戻りましょう。王妃様がいらっしゃる頃だわ。楽しい時間をありがとうございました」

彼は何か言いたそうに何度か口を開いては閉じてを繰り返し、それでも何も言わずに頷《うなず》いた。

ビュッフェ会場の方へ戻ると、私を見つけた殿下がすぐに側に寄ってきた。うわ、と顔に出してしまったのは許してほしい。だってなんだかすごく怒ってる！　やめてよもー！

さっきまで一緒にいたアルフレッド様はいつの間にかいなくなっていた。

「おい、今までどこにいたんだ？　というか君、まさかあの男とずっと一緒にいたのか？」

「あの男って？」

「わかってて言ってるだろ……アルフレッド・バルフォアだよ。あの男、ミリアだけじゃなく君にまでちょっかいかけようとしているのか？」

殿下は険《けわ》しい表情のままブツブツと文句を言っている。

「ねえ、そのことだけど――」

私の言葉は、ざわりと一瞬で変わった空気によって途切れた。

にこにこと穏やかに微笑んでいるけど、気品たっぷりで緊張感が漂う。殿下に似た濃紺の瞳がキラキラ煌《きら》めいた超絶美人な色気と愛嬌《あいきょう》を併《あわ》せ持った人。王妃様が会場にいらっしゃったのだ。

は～！　今日も綺麗な王妃様。素敵！

その場にいた全員がすぐに礼をとる。もちろん私も。殿下も隣でそっと頭を下げた。王妃様はそんな周りの様子ににっこりと微笑み、ゆるく首を傾ける。

「まあまあ！　皆どうか顔を上げてちょうだい。そんなにかしこまらないでね？　今日は楽しんでくださっているかしら？」

柔らかで優しい声が聞こえ、顔を上げた皆がほうっと表情を緩めた。そのときだった。

「――王妃様！！！」

和《なご》やかだった空気をぶち壊すように、その場にそぐわない大声がキーンと響く。一瞬、何が起こったかわからなかった。王妃様の側に控えた護衛と侍女《じじょ》が慌てて体を前に出し、次の瞬間警戒モードに入る。

厳しい顔をした一際《ひときわ》体の大きな護衛が手を伸ばそうとするが、その前に王妃様が合図を送り止めさせる。喚《わめ》いているのは参加者の一人……不審人物ではないという寛大な態度だ。今この瞬間切り伏せられていてもおかしくはなかった。冷や冷やする！

あろうことか、王妃様に飛びかからんばかりの勢いで走り寄ったのは、ミリアさんだった。

ちょっと待って？　まさかの出来事すぎて頭が働かないんだけど……！

事態が飲み込めないのは全員一緒のようで、空気が冷え切り、全員が体を強張《こわば》らせ固まっている。

隣の殿下でさえ目を見開き口をぽかんと開けていた。

「王妃様！　聞いてください！　私……私とジャック様は、愛し合っているのです！　私達二人の仲を認めてはくださいませんか⁉」

う、うそでしょ～⁉

頭をぶん殴られた気分で、思わず眩暈《めまい》がした。二、三歩よろめき、なんとか踏みとどまる。ミリアさん、なんて思い切ったことするの……！　ていうかこれって普通にアウトよ！　殿下は時戻り前によくよく話し合ったりしなかったの⁉　王妃様はどうでるのかしら……？　結構な人数の貴族の子供達が聞いてしまっている。これはなかったことにはできない。

一瞬で頭の中にいろんな思考が巡った。ふと目をやった先にアルフレッド様がいて、なんだか現実逃避のようにじっとその表情を見つめた。

あんまりじっと見つめすぎたからか、またアルフレッド様と目が合った。

その瞬間、何かを期待するようにその目が輝いた。え！　まさか私にミリアさんと殿下を引き裂くことを期待してるのかな⁉　無理だからね！　そりゃ私は（一応）殿下の婚約者だけど！　そもそも二人がくっつくために時戻りまでしたんだから！　残念だけど、アルフレッド様の失恋はどう頑張っても確定ですよ……！

なんだか胸が痛いな。おまけに気づいてしまった。きっと私が動かなくちゃこの場は収拾《しゅうしゅう》がつかないんだろう。王妃様もじっと様子を窺うばかりで何もおっしゃらないし。

あーあ、どうしてもっと穏便《おんびん》にできなかったのか。あれ？　しかもこれって結局私の名誉ちょっと傷つかない？　大丈夫？　いや、やっぱりあんまり大丈夫じゃないぞ……！

しかし、起こってしまったものは仕方ない。

呆けたままの殿下が使い物になりそうにないことにため息をつきながら、仕方なく私は姿勢を正した。

「恐れながら王妃様、発言をお許しいただけますでしょうか？」

殿下、ミリアさん、この貸しは高くつくんだからね！

「まあ、ルーシー。発言を許します」

王妃様は凍り付いた空気をものともせず、いつも通りおっとりと言った。

自分の発言を無視されたように感じたのだろう。ミリアさんはまたぐっとこちらを睨んでいる。

勘弁《かんべん》してよ……。すでにちょっと胃がキリキリしてるんだからね！

「ありがとうございます。それでは申し上げます。恐れながら、先ほどのブルーミス男爵令嬢の発言は事実です。私は殿下から以前よりお話を伺《うかが》っていました」

一応私は知ってましたよ！　応援してましたよ！　捨てられたわけじゃ、ないですよ……！

その瞬間、あれだけおっとりにこにこしていた王妃様が目をカッと見開き私の隣に立っていた殿下をギロリと見つめた。そのあまりの圧《あつ》に殿下がびくりと体を震わせる。

ひえ～！　怖いよ～！　ごめんなさい！

でもそうだよね。まさか王妃様も私がミリアさんの言葉を肯定《こうてい》するとは思わなかったはず。ていうか誰も思わないよね？　私も一瞬考えた。どうにかミリアさんの質《たち》の悪い冗談だってことでひとまず収めて、後からゆっくり話した方がいいのかな？　って。でもそうすると、恐らくその後ミリアさんと殿下が婚約することは絶望的になるだろう。だってミリアさんの行動は不敬そのもの。下手《へた》すれば殿下への接近禁止だとか、王宮への立ち入り禁止が命じられるだろう。

これだけの人数が聞いてしまった。もう後戻りはできないのだ。

「ジャック。ルーシーの言っていることは真実ですか……？」

「………はい」

随分長い沈黙の後、殿下はやっと答えた。その返事を聞いて、一気に周りが騒《ざわ》めく。

その後すぐにお茶会は終了となった。

お茶会終了の後、殿下とミリアさんは別室に連れていかれて個別に事情を聞かれた。殿下とミリアさんの間でどういう話になっているのかわからないから、私は殿下の気持ちを知っていて、かねてより相談を受けていたとだけ話しておいた。

まあ嘘はついていないよね。時戻りについて黙っているだけ。実際ミリアさんと婚約できるように協力するって約束もしてたわけだし。

私に対しては、それだけ。その後お父様が入れ替わりで陛下や王妃様と何事か話して二人で一緒に馬車に乗り王宮を後にした。


王宮を後にする際、馬車止めの側でミリアさんとブルーミス男爵が親子でなにやらはしゃいで話していた。

「でかしたミリア！　お前の言っていたことは本当だったんだね！」

「だから言ったでしょうパパ！」

「それでは、あれはもういいんだね？」

「ええ、もういいの。忘れてちょうだい。それはそうと――」


なんと、私と殿下の婚約はびっくりするほどあっさりと解消する方向に進みそうだ。

え？　本当に？　問題なし？　根回しして根回ししてやっとどうにか解消できるかどうかだと

思ってたのに？　と、正直かなり戸惑った。なんだか拍子《ひょうし》抜けだわ……もちろん全然解消できないで苦しむよりはいいんだけど。

「ルーシー……今まで随分辛い思いをしていたんじゃないのか？　気づいてやれなくてすまない……」

「いいえ、お父様、気にしないで。私は全然大丈夫だから」

馬車の中で涙目で謝るお父様に心苦しくなる。私、もしかして無駄に気を張っていた？　頑張らなくちゃって思いすぎていたのかも。ひょっとして一度目のときも、さっさとお父様に相談して婚約なんて解消しても良かったのかもしれない。

涙目のお父様はそのまま爆弾を投下した。

「きっちり殿下との婚約は解消してきたからね！　もう何も心配いらないよ！」

「えっ⁉　もうすでに解消済みなの⁉」

得意げな顔のお父様は「早く帰って皆に報告しよう」と言って、にこにこ笑顔で私の頭を撫でた。

さっきの涙目なんだったの？　と思っちゃうくらいにはご機嫌の様子だった。

あまりにお父様が陽気で笑ってしまう。一度目ではこの一年後には亡くなってしまっただなんて、なんだか悪い夢を見ていたみたい。今回は絶対に死なせたりしないぞ……！

決意を新たにした私である。

「ルーシー！　私の可愛い子！　かわいそうに、ひどい目にあったわね……！」

「姉さん！　大丈夫？　あの馬鹿殿下め……！」

屋敷に帰り着くと、待ち構えていたお母様とマーカスが飛び出してきた。

それはそうとマーカス、もしも誰かに聞かれたら不敬で処罰ものよ！　殿下のことを馬鹿って言うのは心の中だけにしなさい！

「あなた、婚約解消は恙《つつが》なく成ったんでしょうね？」

「もちろんさ、ルリナ！　王家との婚約だから最初は断れなかったが、こうなったらルーシーには僕が君を愛しているのと同じくらい愛してくれる男でなければ認めない！」

「あら、あなた以上に、ではないの？」

「僕の君への愛はあまりに重いから、超えろと言うのはさすがに酷《こく》さ」

「やだあ、あなたったら！」

すごくバカップルである。

今思えばこの両親を見て育って、よく愛のない結婚を受け入れられたわよね、私。我ながら恋愛に関して冷めていたわ。でも、愛のある結婚を目指すからには、この二人が今後の目標……！　素質はあるはず！　なんたってこの二人の子供だから！

心の中で気合を入れていると、そっとマーカスが寄ってきた。

「姉さん、大丈夫？　傷ついてない……？」

おずおずと上目遣いで私を気遣う我が弟。なんていい子なのマーカス！

「マーカス、あなたはずっとそのままでいてね……！」

「？　はい……？」

マーカスと連れ立って屋敷に入ると、するりと足元にミミリンが擦《す》り寄ってきた。

「にゃーん！」

「ミミリン！　かわいいでちゅね～！　あなたも私を慰めてくれるの？　なんて可愛い猫ちゃんかしら！　可愛さが神！　は～可愛すぎてどうにかなりそう」

「姉さん、さては全然落ち込んでいないね？」

落ち込んでなくて、なんかごめんね！


「さて、では結果発表をします」

家族全員がテーブルに着くとお父様が口を開いた。

お茶の用意をしてくれた侍女のユリアと家令のモルドだけは側《そば》に控えたまま。

お母様とマーカスがごくりと喉《のど》を鳴らす。

「――殿下は浮気野郎でした」

ひえっ！　お父様の言い方がとても辛辣《しんらつ》！

「やっぱりね！　家族会議の後すぐに殿下の素行を調べてよかったよ。姉さんがいながら他の女を好きになるなんて正気の沙汰《さた》じゃない」

「でも女の影は見つからなかったのにね～？　ルーシーちゃんを蔑《ないがし》ろにしてるのはよくわかったけど」

「どっちにしろ問題外だ」

お父様の発言を聞いて、お母様とマーカスが何事かボソボソと小さな声で話している。

何？　二人ともなんて言ってるの？

「両陛下は多少婚約解消を渋りましたが、お父様が無事勝ち取りました！」

力強く拳《こぶし》を突き上げるお父様。か、かっこいいっ……！

「きゃー！　さすがあなた！」

「ルリナの言う通りきっちり調査しておいたのが功を奏したよ！　殿下がルーシーを蔑ろにしていた報告書を出したらもう嫌だとは言えないようだった」

「やっぱり何事も証拠は大事よね～」

ん？　調査？　報告書？

「ちょっと待って、なんの話……？」

「姉さんは気にしなくて大丈夫だよ。ほらっ！　姉さんの好きなマドレーヌを買っておいたから、あっちで一緒に食べよう」

「マドレーヌ！　食べるわ！　何味がある？」

「プレーンとショコラとキャラメル風味」

「これは究極の選択ね……！」

お母様とお父様は盛り上がり、私はマーカスと一緒にマドレーヌを食べた。結局全部の味を二つずつ食べた。……さすがにちょっと食べすぎたとは思っている。

「みゃあお～ん！」

そうして我が家の婚約解消当日の夜は平和に過ぎていった。


――次の日。

なんと殿下とミリアさんが連れ立って我が家にやってきた。

昨日の今日で、いきなり家まで来ないでよ……！　（一応先触《さきぶ》れはちゃんとあった）

侍女のユリアと家令のモルドが静かに殺気立っている。

止《や》めて！　一応、一応相手は王族だから……！

寒気《さむけ》がするのか、殿下は少し身を震わせて腕をさすっていた。

ほら！　殺気！　伝わっちゃってるからね⁉

「突然押しかけてしまってすまない」

殿下がそっとこちらを窺う。

きっと時戻りに関係する話をするはずだからと、ティーセットは庭に面したテラスに準備してもらった。ユリアとモルドにも少し離れてもらって、これで話はギリギリ聞こえないはず。

「まあ、少し考えてほしかったなとは思ってます」

お父様は今日もお仕事、お母様も出かけていて家には私とマーカスしかいない。姉想い（きゃっ！）のマーカスがうっかり不敬な態度をとってしまわないように、マーカスには殿下の来訪を伝えていない。どうかお帰りまでバレませんように！

まあ、誰にも聞かせられないと思うとある意味いいタイミングではあるのかもしれないけれど。

それにしても。

「ミリアさん、昨日はあれから大丈夫でしたか……？」

なんだか不満げな顔をしているミリアさん。昨日帰り際に見かけたときにはすごく嬉しそうにしていたのにな？

「ほら、ミリア。ルーシーがフォローしてくれたおかげで無事君は私の婚約者候補になれたんだ。君もお礼を言って」

婚約者候補？　まだ婚約者に内定ではないのね？

なるほど、それでちょっと拗《す》ねちゃってるのね？

「……ルーシー様、ありがとうございました」

ちょっと不満そうな顔をしたまま、うるっとした上目遣いでそっと私を見つめるミリアさん。

えー！　何それ？　ちょっと可愛いんだけど！　一応私に感謝はしてるけど、どうしても不満な気持ちが抑えられないのね？　不機嫌な猫ちゃんみたい！　ミリアさん、今あなたご機嫌斜めなときのうちの絶対天使《ミミリン》にそっくりよ⁉


——おっといけない。


真面目な話の途中なのに一人で盛り上がってはダメだわ。

そう思いそっとこのかわいこちゃんから目を逸《そ》らし、視線を遊ばせる。

すると、たまたま向けた視線の先、邸の中の部屋の隅に、そっと顔を覗かせたミミリンと目が合った。
ミ、ミミリン⁉　こっち見てるっ！
すごい……すっごい不機嫌そうだわ⁉

こちらをじいっと見つめるミミリンは大きなお目目をいつもの半分くらいに細めて「面白くない」というオーラをびんびんに出していた。

なんてこと……目を逸らした先にもっと可愛い生物がいた場合どうすればいいの？？？

現実からのトリップが止まらない私ははっと気づく。

ミミリン……もしや私がミリアさんのことを「ミミリンみたい」とあなたにたとえてその可愛さに悶《もだ》えていたのに気づいているの……？　気づいていて、それで……嫉妬を……？

あ、これ心臓発作起こるわ。もうすぐ起こる。

「あの、ルーシー様。それで、これを」

突然の言葉に一気に現実に戻ってきた。いよいよ心臓が危ないところだった。

そんな私の様子には無事気づかれずにすんだようで、ミリアさんはおずおずとラッピングされた箱を差し出してきた。

「えっ？　これは……？」

「うち、パパが商売をやっていて、これは新しく売り出そうとしている珍しい茶葉を使った紅茶のサンプルなんです。とっても香りがいいんですけど、原料が高価でまだ流通させるだけの量が作れなくて。特別なお客様にだけお渡ししているんですけど、あの、お礼に……」

「まあ！　本当に？　どうもありがとうございます。とても嬉しいです！」

そういえばブルーミス男爵は他国とも付き合いがあり、かなり手広く商売を行っていると聞いたことがある。とても裕福な男爵家なんだとか。

殿下が何かを促《うなが》すように、そっとミリアさんの腕に手を置く。

「あの……それから。皆の前で私、あんなこと言っちゃって、ルーシー様の立場も考えずに……ごめんなさい」

「私からも謝罪する。結局君の名誉に傷をつける結果になってしまった」

まあまあ殿下、王族が簡単に謝罪するものではありませんよ？

そう思いながら私は曖昧に笑って応《こた》えた。

話を聞くと、ミリアさんにも焦《あせ》りがあったらしい。殿下が時を戻るほど自分を想ってくれているのはわかっているけど、結局戻ったのは私と殿下が婚約して数年たったタイミング。このままでは、今回も殿下は私と結婚するしかなくなるんじゃないか？　でも男爵家の自分が成り代わるなんて難しい、そうだ、皆の前で愛し合っていることを宣言してしまえば王妃様も無視できないんじゃ？　私と殿下の婚約継続は難しくなるんじゃ？　成人する前の今ならば、恐らく不敬も大目に見てもらえるのでは？　それならばこれは最後のチャンスかもしれない！　とまあそんな風に考えたのだとか。

うーん、あまりに非常識でとても褒《ほ》められたやり方ではないけれど、ミリアさんなりに考えがあってのことだったらしい。実際それでうまくいった節《ふし》もあるし、ある意味策士《さくし》だわ……！

ただし、私を巻き込む捨て身戦法はもう勘弁してほしいけどね……！

これから当面の間は婚約者候補として妃教育を受けていくのだとか。さすがにきっかけがきっかけなので、すぐに正式な婚約者とするのは難しいらしい。そりゃそうよね。これがすんなりまかり

通ってしまうと、他の貴族家から不満の声があがるのは必至《ひっし》だもの。

「あ⁉　ちょっと姉さん、どうして僕を呼んでくれなかったの⁉」

殿下とミリアさんのお帰りをお見送りしていると、やっと部屋から出てきたマーカスが慌てて駆け寄ってきた。あ、あぶない！　もう少しで鉢合《はちあ》わせするところだった！

「だってマーカス、あなた殿下と喧嘩《けんか》しちゃうでしょう？　あなたを不敬罪にするわけにはいかないもの。私、本当になんとも思っていないのよ？」

「そうは言ったって……」

マーカスの小言《こごと》を聞きながらふと玄関の方を見ると、扉《とびら》の前でミミリンが去り行く馬車に向かってめちゃくちゃ威嚇《いかく》していた。

やめて、ミミリン！　可愛すぎて私の心臓がもうもたないから……！


お父様とお母様が帰宅し、今日の殿下とミリアさんの来訪を伝える。案の定マーカスと同じように憤《いきどお》っていた。まあそれはそうなるよね。

しかしミリアさんからお礼にといただいたお茶を開けてみると、お父様の目が輝いた。

「これ、僕も同僚にいただいたんだよ！　大惨事になるところだったその同僚のミスをフォローしたことをとても感謝してくれてね。職場で飲んだけど本当にいいお茶だった！」

どうもとてもいい物ですっかりお気に入りらしい。私が頂いたものとお父様が頂いたものはフレーバーが少し違うようで、明日持って帰るから一緒に飲み比べをしよう！　と大はしゃぎだった。

お父様、怒りはどこへ……？

しかし、ここで問題が起こる。

次の日約束通りお父様が同僚の方に頂いたお茶と飲み比べしようとしたら、またもやミミリンが尋常じゃなく怒って暴れたのだ。

ええ～⁉　まさかミリアさんがくれたものだから？　お茶も許されないの⁉

どうもそのお茶＝ミリアさんと覚えてしまったらしい。昼間にお茶を飲んできたというお父様はフレーバー違いとはいえ同じお茶の匂いがしていたのか、ミミリンは完全無視で怒っていた。お父様はものすごく悲しそうにミミリンに縋っていた。

ミミリンがミリアさんをライバル認定したことはもう疑いようがない。

ごめんなさい……私のせいで……罪な私。

結局最初に一杯ずつ家族四人で飲んだ後はこのお茶は戸棚の奥に眠ることになった。

うーん、本当に本当にとってもいい香りの美味しいお茶だったから少し残念……。

それでもお茶を封印することに反対する者は誰もいなかった。

ミミリンの《スーパーアイドル》寵愛《ちょうあい》には代えられないからね……！


私はあまりのことに思わず震えていた。

まさか、時戻りをするときにはこんなことになるとは思わなかった。もちろん、時戻りをする前だってこんなことは一度もなかったし、想像したこともなかった。

それくらい、本当に、予想外のことだったのだ。

「ようこそいらっしゃいました、ルーシー様」

「お招きありがとうございます、アリシア様」

そう、なんと私は今、アリシア様に招かれてシャラド侯爵家に来ているのだ……！

数日前、お茶会への招待状が届いたときにはわが目を疑った。これは何かの陰謀？　と疑いもした。一度目はアリシア様から手紙をもらったことなど一度もなかった。むしろずっと嫌われていたんだもんね！　それなのにどうして？　心当たりは殿下との婚約解消のことくらい。ただそれでアリシア様が私に何を言うのか、何をなさろうというのか？　予想もつかない。……正直に言うと好奇心が勝ってしまったのだ。

それでのこのこ来てしまったのだけれど……。

前述のとおり、私は震えていた。――感激に打ち震えているのだ……！

「ルーシー様、なんでもマドレーヌがお気に入りなんですって？　公爵家では普段どんな素晴らしいお菓子を召し上がってらっしゃるのか知りませんが、我が家のお菓子はとても美味しくってよ」

ふふん、と少し顎《あご》を上げて得意げな顔でお菓子を勧《すす》めてくださるアリシア様。紅茶の用意されたテーブルの上にはマドレーヌをはじめ、これでもかと美味しそうなお菓子が並べられている。夢のような光景に体の震えが止まらない！　ここは、天国ですか……⁉

でも、どうして私がマドレーヌが好きだと知っているのかしら？

「あの、まさか私のために用意してくださったんですか？」

不思議に思いながらもそう尋ねると、アリシア様はきっ！　と目を吊り上げた。

「……はあ？　どうして私があなたのために？　たまたま私が食べたかっただけです」
ア、アリシア様⁉　あなた様はもしや……。
「ただうちのパティシエが張り切りすぎて大量に作ってしまったようですので、召し上がりたいなら好きなだけ召し上がればよろしいのではなくって……！」

もしや、これが巷《ちまた》で噂のつんでれってやつですか――⁉

これってまさか、まさかのまさか？　もしかしてアリシア様って私のこと嫌っているわけではないんじゃあ……？

おまけに、私の感激の理由は夢のようなお菓子の山とアリシア様の『つんでれ』疑惑だけではなかった。

「アリシア様、落ち着いてくださいませ……！　申し訳ありません、ルーシー様。アリシア様に悪気はないんです……！」

困ったようにあたふたするもう一人のお茶会参加者。

何を隠そう、マリエ・ユギース子爵令嬢だった。

まさかこんなところでマリエ様とお会いできるなんて……！

先日のお茶会ではミリアさんの捨て身戦法のおかげでお茶会が強制終了になったこともあり、結局マリエ様とお話しすることは叶わなかったのだ。お父様の死の回避のヒントを得るためにもマリエ様とはぜひ繋がりを持ちたかったのだけれど、現時点で関わりがない彼女とどう接触すればいいものか……と考えていたところに今日のこの場である。

この幸運に震えずにいられようか？

――と、ここまで考えてふと気づく。

もしや、この出会いもアリシア様のご配慮だったり……？

「ア、アリシア様……!!」

確信はないもののもはやそうとしか考えられなくなった私は、この感激を何食わぬ顔で胸の内に納めておくことができなくなった。思わず身を乗り出してブツブツと何かを呟いているアリシア様の両手をひしっと握る。

「⁉⁉　ちょ、ちょっと、なんですの、いきなり⁉」

「アリシア様、私、感激いたしました！」

「待ってください！　ちか、近いわ……！　ひゃああ……」

アリシア様は顔を真っ赤にしてものすごく挙動不審になった。これは確定だわ……！　たぶん私嫌われていない！　と、思っていたらアリシア様はふらりとひっくり返ってしまった。

「きゃああ！　アリシア様⁉　お気を確かにっ！」

「え、なにこれ？　どういうこと？　私はいったいどうしたらいいの……？」

うっかりマリエ様を置いてけぼりにしてしまったことについては反省している。


「私、アリシア様にはてっきり嫌われてしまっているのだと思っていました」

アリシア様が落ち着いた頃、お菓子を頂きながらそう零《こぼ》す。

「え⁉　どうしてですの⁉」

結論から言うと、アリシア様はなにも『つんでれ』というわけではなかった。時々照れて素直になれないだけなのだとか。（それってつんでれとは違うの……？）

「アリシア様のルーシー様への態度が悪かったからだと思いますよ……」

「そ、そんな……いいえ、嫌いだから冷たい態度をとったわけじゃ」

「やっぱり冷たい態度をとってる自覚はあったんですね。あれだけルーシー様ルーシー様って言っておいて」

「ちょっと！　マリエ様！　べ、べつにルーシー様のことが好きで話題に出してたわけじゃありませんわ！」

キッとマリエ様を睨みつけるアリシア様だけど、顔が真っ赤な上に涙目で全く怖くない。

そうかそうか……アリシア様は私のことを……ふふふ！　でもどうして一度目も含めて、ずっと私を目の敵《かたき》にするような態度だったのかしら？

アリシア様はしょぼんとうなだれてしまった。

「ただ私は……ルーシー様が憎き殿下に蔑ろにされることを、甘《あま》んじて受け入れていることがどうしても耐えられなかっただけですわ」

に、憎き殿下って言った……？　聞き間違いかしら？？？

「ルーシー様は覚えていらっしゃらないと思いますが、私とルーシー様は幼い頃に一度一緒に遊んだことがあるのです。だから私はルーシー様がいかに明るく可愛く心優しい方か知っています！　それなのにあの忌々《いまいま》しい殿下の婚約者になってからその笑顔が見られることはなくなりました。殿下はこんなに素敵なルーシー様を蔑ろにして……そのお心を曇らせていると思うと……どうしても……！　どうしても……！　くっ、ダメだわ、今すぐ焼き払いに行きたい」

「アリシア様、どう、どう！　落ち着いて！　座ってください！　はあ、ダメだわ、アリシア様の意識はすでに殿下を焼き払いにかかってるっ……！」

まさかの愛が重いタイプだった！！！

もしかして、一度目に殿下を慕って追いかけまわしていたように見えたのも、私に何度も「肩書だけの婚約者様」って言ったのも、私と殿下を、私のために引き離したかったということだったり……？

——ああ、拗らせていたのは殿下だけではなかったし、誤解を解く機会もなくその人のことを決めつけていたのは私も同じだったのだ。私が気がつかなかっただけで、こんなにも私のことを思ってくれている人が近くにいただなんて想像もしなかった。

「——アリシア様っ！」

「ひきゃああ！」

感極まって思わずアリシア様に飛びつくように抱き着くと、アリシア様は淑女《しゅくじょ》らしからぬ悲鳴を上げて気絶した。

「ええ……勘弁してくださいよ……」

マリエ様の心からの呟きがその場に虚《むな》しく響いていた。

だって、つい……ごめんなさい！

マリエ様を呼んでくださったのはやはりアリシア様のご配慮だった。

お茶会のとき、殿下がマリエ様に「ルーシーが君と話したがっていたから、あとでぜひ相手をしてやってくれ」と言っていたのを聞いたのだとか。元々アリシア様とマリエ様は幼馴染《おさななじみ》らしい。

殿下、ぐっじょぶ！

もっと言うとアリシア様は、殿下という呪縛《じゅばく》からついに解放された私（すごい言われようね！）と仲良くなりたいな～とこのお茶会を開いてくれたらしい。

少しでも陰謀？　とか疑っちゃってごめんなさい！

こうして私はアリシア様、マリエ様という可愛くも楽しいお友達が二人もできたのだった……！

時戻りした後に立てた目標の一つ、前回ではできなかった分もお友達を作るというのがあっさり叶ってしまった。しかもこんなに素敵な二人！　婚約解消の件といい、二度目のスタートが順調すぎて怖いくらいだわ？　まるで一度目で辛い思いをしても頑張っていた分の、ご褒美《ほうび》をもらっているみたい！

この後もきっと、全てうまくいくって信じたい。

第二章　一度目とは違う日々

私は考えていた。お父様は病気で死んだ。なんてことないちょっとひどい風邪《かぜ》のようなハイサ病で。ならば、どうすればお父様の命を救えるか？

「事故や事件ならばまだどうにでもできるけれど……」

うーん、だいたいいつ頃体調を崩したとかは覚えていても、お父様が具体的にいつ、どこで罹患《りかん》したかまではわからないのよね……。強いウイルスならばまだ根本的な原因の特定・改善などの手段もあっただろうけど、よりによってそこまで強くない季節の流行病である。あれ？　これって意外と難しいわね？

悩んで悩んで、全く名案が浮かばない私は友人の（えへっ！）マリエ様に相談した。

「少しひどい風邪に罹患しないようにするにはどうすればいいか……？　え？　うちの薬草が治療薬になるような風邪？　なにそれ変に具体的で怖い……とりあえず普通の風邪の場合は、基礎体力を上げてより健康な体になれば罹《かか》りにくいと思いますけど」

そうか！　具体的な解決策がないならば予防すればいいのよね！「死の回避」に注目しすぎて

そんな初歩的なことにすら思い至らなかったわ。よし、そうと決まれば！


その日の昼過ぎ。

「お嬢様、今日のお姿もとても素敵です！　何を着てもお美しくてさすがですわ！」

「ありがとう、ユリア！　だけどお嬢様って言わないでちょうだい。今日の私はユリアの友達の町娘ルーシーよ！」

私は侍女のユリアと共に街へ繰り出していた。

せっかくならお忍びの体《てい》でゆっくり楽しみたい！　ということで今日の私は町娘で、友達のユリアと遊びに来ている設定。さすがに護衛なしというわけにはいかなかったけれど、こっそりついてきてもらうようにお願いしていてどこにいるかはわからない。

こういうのは気分が大切よね！

「友達というより……姉妹の方が自然な気がしますが……」

私より何歳か年上のユリア（年齢非公開らしい）は少し不満そうだけれど、細かいことは気にしないでちょうだい！　……でもユリアがお姉様っていうのもちょっと捨てがたいわね？

「それではお嬢……ルーシー様、まずはどちらへ行かれますか？」

いつもの私ならば有名な菓子店か美味しいお茶とお菓子を頂けるカフェに直行なのだけど。

「ふふふ、ユリア！　今日はこっちよ！　付いてきて」

そうして私が向かったのは、最近評判が良いとよく耳にする薬草のお店だった。

「薬草、ですか……？」

ぽかんとするユリア。まあそうよね、今まで私が薬草に興味を示すなんてことはなかったものね。

「ここには薬草だけじゃなく、体にいいとされる漢方や薬草茶なんかもあるんですって！　『栄養ドリンク』なる、元気が出る飲み物もあるらしいわ。お父様、お仕事が忙しいでしょう？　だからずっと健康でいてもらえるようにって思って……」

「お嬢様……！　なんて天使……！」

なぜか感極まったように涙目になるユリア。よくわからないけど、またお嬢様って言ったの気づいているわよ？

店の外観は綺麗だけれど、入り口からして随分こぢんまりとしている印象。でもそこがいい！　なんだか知る人ぞ知る本物のお店！　って感じよね。まあ評判のお店だから有名店なんだけど。中はどんな感じなのかしら？　初めて入るお店ってなんだかワクワクするわね。

さあ中に入ろう！　とした、そのときだった。

「――――きゃっ⁉」

ドン！　とぶつかり思わずお尻《しり》から座り込んでしまった。は、羽のような足取りで歩を進めたのがあだとなったわね……！　なんて、現実逃避の思考で乗り切れないくらい恥ずかしいわ……⁉

顔を上げられない私の頭上から声がかけられる。

「も、申し訳ない！　大丈夫ですか⁉」

そして俯いている私の目の前に、さっと手が差し出された。恥ずかしさのあまり、俯きがちなままその手を借りる。

「は、はい、どうかお気になさらず……大丈夫ですわ」

「――……あっ⁉」

「えっ？」

驚きの声に思わず顔を上げると。

「まあ！」

私の手を引き、ゆっくりと立たせてくれたのは、まさかのアルフレッド・バルフォア様だった。

「改めて、本当に申し訳ありませんでした……」

「いいえ！　私もきちんと前を見ていませんでしたし、もう気になさらないでください。それにこうして美味しいお菓子を御馳走《ごちそう》していただけるなんて、むしろラッキーです」

「ふふ、ありがとうございます。好きなだけ食べてくださいね？　ここのお菓子は本当に美味しいんです」

アルフレッド様と私は薬草店から少し離れた場所に移動し、とあるカフェに入っていた。

私は転んでしまったことが恥ずかしかっただけで怪我《けが》もなかったし怒ってもいなかったのだけれど、『お詫《わ》びに美味しいお菓子を御馳走させてください』と言われてしまったら……ま、まあ、謝罪をあまり固辞しすぎるのも傲慢というものよね？

べ、別に美味しいお菓子に釣られてのこのこ付いてきたわけじゃないんだからねっ……！

「でも、まさかこんなところでルーシー嬢にお会いできるとは思いませんでした」

「ふふ、そうですわね。私もびっくりしました」

ものすごく嬉しそうに、明るい声でにこにこと話すアルフレッド様。ふふふ、喜びを抑えきれない様子がまるで子供みたい。でも私にもよくわかります！　美味しいお菓子を前にして人は大人ではいられない！　私もついつい顔が緩んでしまうから、お菓子にテンションが上がっているアルフレッド様の姿がとっても微笑ましい。

ちなみにユリアは「他の買い出しを済ませてきていいですか？」と急にどこかへ行ってしまった。もう！　せっかくユリアとも美味しいお菓子を食べられると思ったのに……つれないんだから！

迷った挙句《あげく》、おすすめケーキセットを注文した。アルフレッド様は季節のタルト。メニューを見るだけでも美味しそうなケーキばかりでとっても悩ましかったわ……！

「それにしても、ルーシー嬢はあそこで何をしていらっしゃったんですか？　あの辺には菓子店やカフェはないはずですが……」

ま！　アルフレッド様ったら、もしや私がお菓子にしか興味がないと思っているわね……？

（だいたい当たっているのは内緒）

なんとなく自分の特性を見透かされたようで悔しくて、わざとツン、とすまして答える。

「私がいつもお菓子のことしか考えていないと思ったら大間違いですのよ？　……今日はあそこにある薬草店に行ってみようと思っていましたの」

「薬草店……？」

「知りませんか？　最近とっても評判らしくって。よければ後ほどご一緒します？」

しかし、アルフレッド様はさっきまでの笑顔から一転、眉間《みけん》に皺《しわ》を寄せ、とても難しい顔になった。

え、何？　もしかして薬草に何か良くない思い出でもあるのかしら……？

「後ほど、ということは、まだそのお店には行っていないんですね？」

「えっ？　あ、はい。ちょうど中へ入ろうかというところでアルフレッド様とぶつかってしまったので。この後もう一度行こうかと思っていますけど……――っ⁉」

アルフレッド様は浮かない表情のまま、急にガシッ！　っと私の手を握った。

「ルーシー嬢……お願いがあります。どうかあの薬草店には近づかないでください」

「……はい？」

思わず間抜けな声を出してしまった。

アルフレッド様はものすごく真剣な顔で続ける。

「あの薬草店には、黒い疑惑があります」

く、黒い疑惑……？

予想外の言葉に困惑していると、アルフレッド様ははっと驚いたような顔をして、慌てて握っていた私の手を離した。

「す、すみません、不躾《ぶしつけ》に……」

「い、いいえ……」

目に見えてアルフレッド様の顔が赤くなるもんだから、なんだか私まで恥ずかしくなってくる。やめて……！　アルフレッド様、あなた私を赤面させるのこれで二回目よ！　何にも動じない私は時戻りで失われて……しまった……っ！

なんて、脳内で盛り上がっている場合ではなかった。

「あの、黒い疑惑ってどういうことですか？」

「あ……あの、思わず強い言葉を使ってしまいましたが、実際には私が少し疑問を持っているだけで……」

「でも、アルフレッド様はあのお店を『危ない』と感じているんですよね？　話してください」

一瞬ぐっと言葉に詰まったアルフレッド様。それほどまでに気の進まない話なのだろうな。それでも思わず私に告げてしまうほど心配してくださったということだ。

――やっぱり、私はこの人、いい人だと思う。

『あれは危険な男だ。君も気をつけろ』

殿下の言葉がよぎる。私のことを誤解して嫌っていたように、アルフレッド様に対しても何か誤解があるのでは？　そう思えてならない。……いつか、その誤解も解けるといいな。

しばらく逡巡《しゅんじゅん》した後、彼はゆっくり口を開いた。

「実は――あそこは私の家がひいきにしていた店だったんです」

話はこうだ。

アルフレッド様の家、バルフォア家は、あの薬草店が評判の店になるよりずっと以前から利用していたらしい。バルフォア侯爵家は代々騎士を輩出《はいしゅつ》することが多く、当代、つまりアルフレッド様のお父様も王立騎士団に所属している。（なんでも副団長様なのだとか！）

それで、「騎士は体が資本！」と、同僚にすすめられたあの店の『栄養ドリンク』なるものを飲むようになった。それはとても素晴らしいもので、どんなに疲労がたまっていても飲めば体がスッキリするし、ちょっとした風邪も全く引かなくなった。

しかし……最近どうも『栄養ドリンク』の効きが弱い。疲れがあまりとれない。飲みすぎて体が慣れてしまったのか？　そう思いバルフォア侯爵は薬草店の店主に相談する。

「きっと栄養ドリンクでは間に合わないほどお疲れなのでしょう。ちょうどおすすめの薬草があります。煎《せん》じてお茶にいたしますので、ぜひ試してみてください」

すすめられた薬草茶を飲み始めると、また体の調子が良くなった。やはりあの薬草店はいい店だ。そう思っていたのも束の間、徐々《じょじょ》にバルフォア侯爵の様子がおかしくなる。

体の調子は相変わらずいいものの……どうも精神的に不安定になっていったらしい。

最初は軽い不眠を訴えるくらいだったのが、徐々にイライラし始め、かと思えば今度は突然この世の終わりかのように落ち込み酒に溺《おぼ》れてみたり、そうかと言えばすっきり明るく快活な日もある。日によって、まるで別人のように振る舞いが違うのだ。明らかな精神不安定状態。

どう見ても、何かがおかしい。

それでもそのときはまさか長い付き合いの薬草店を疑うことはなかったが、先日薬草茶を買い足しに行った日、店がたまたま休みだった。仕方ないので、買い出しに行っていた使用人は全然別の店の薬草茶を買って帰った。

すると……どうだろう。そのお茶を飲み始めて、憑《つ》き物《もの》が落ちるかのようにバルフォア侯爵の精神不安定は鳴りを潜《ひそ》め、元の穏やかな人柄に戻ったのだとか――。

「父はもう少しで休職するしかないか、というところまで追いつめられていました。結局、お茶のせいだとは誰も言わなかったのですが……どうしても私は疑惑を抱かずにいられなくて……しかし、確証はないので、表立って追及することもできないのです」

思ったよりがっつり黒い疑惑だった……！

「もしかして、アルフレッド様があそこにいらしたのもあの店の様子を見に……？」

「はい。何か少しでも怪しいところはないかと思い……しかし何も見つけられず。もう立ち去ろうかと思っていたときにルーシー嬢と」

「なるほど……わかりました。あの店には近づかないようにします」

私がそう言うと、アルフレッド様はほっと安心したような顔をした。

「ありがとうございます……もしもあの店について何かわかったら、ルーシー嬢にもお伝えしますね」

肩の荷が下りたのか、やっと笑顔が戻ってきた。うんうん、やっぱりアルフレッド様はそうやって朗《ほが》らかに笑っている顔がよく似合うわ。もうこの人の心に影を落とすようなことが起きませんように……。

ちょうど話に区切りがついたとき、店員が私達のテーブルへやってきた。

「お待たせいたしました！　おすすめケーキセットと季節のタルトです！」

――ふわあああ！！！

「お、美味しそう……！　素敵ですわ……！」

おすすめケーキセットは、いくつかのケーキが通常のショートケーキの半分くらいのサイズでワ

ンプレートに並べられていた。なるほど！　ケーキセットってこういうことだったのね！　おすすめのケーキが何種類も食べられるなんて、なんて素晴らしいのかしら！　どうしよう、胸のときめきがっ、止まらないぃ……！

「ふふっ、やっぱりルーシー嬢は甘いものを前に喜びが溢《あふ》れている姿が一番可愛いですね」

「⁉　か、かわっ……⁉」

この人、なんてことを言うの……⁉

「さあ、食べましょう！　……私の季節のタルトも一口いりませんか？」

ひ、ひぇえ！　嘘でしょう⁉　気軽に「一口いりませんか？」ですって？　なんて破廉恥《はれんち》な。

ちらりとアルフレッド様の目の前にあるタルトを見る。……イチゴである。ところどころに可愛らしいベリーものっている。

「………いります」

アルフレッド様は破顔した。


結局、薬草茶は昔からある老舗《しにせ》の薬草店で購入した。アルフレッド様はそこまで付き合ってくださった。

ユリアはその後、アルフレッド様と別れる頃にやっと戻ってきた。

「もう！　ユリアのバカ！　どうして私を置いていっちゃったの！」

「えっ？　何かありましたか？」

「何もないわよ！」

「──ふふふ、だってお嬢様に新たな春の予感がと思えば、お邪魔《じゃま》なんてできないでしょう……！」

ぽつりとつぶやいた言葉は、私の耳には入らないまま──。


数日後、驚きのニュースが耳に飛び込んできた。

例の薬草店が閉店したらしい。なんでも店主が行方不明になっているのだとか──。

それからもう一つ。

「ルーシー！　……くっ、ルリナ、やっぱり言わなくちゃダメかな？」

「何言ってるのよあなた。いつまでも黙っていたって仕方ないでしょう？」

「ううっ……よく聞きなさい、ルーシー。お前に求婚が殺到しているよ……！」

「……は？」

えっ、求婚？

私に求婚が殺到している。

それはなかなかインパクトのある知らせだった。

求婚、求婚……婚姻《こんいん》を求めること。

……えっ！　なんで⁉

いや、直接の理由はわかっている。殿下との婚約を解消したからだ。あれだけ同年代の貴族達が集まったお茶会で盛大にやらかしたからね？　私が今、婚約者のいない状態なのは周知の事実。

それでも……なんで？

だって一度目も含めて、皆全然私に興味なかったじゃない……！

というか、少し馬鹿にされていた。殿下のせいで。

そうじゃなくともかなり遠巻きにされていた。殿下のせいで。

「いつも無表情で、冷たい目をしていて、近寄りがたいと周りは皆口を揃えて言っていた」って、殿下が言っていた。それも概《おおむ》ね殿下のせいだけど。

あれ？　やっぱり改めて考えても私が人に好かれなかったのってだいたい殿下のせいだな？

つまり……これは……殿下という呪縛から解き放たれた（アリシア様談）ことによって訪れた、

私の空前絶後の、モテ期ってやつ…………⁉　きゃっ！　どうしよう！　ついに私の時代がくるのね……⁉

――なーんて、もちろん冗談だ。ちゃんとわかってる。皆、我がレイスター公爵家との繋がりが欲しいだけ。真実はいつも一つ。私が望まれているわけではない。なんて切ない真実か。現実はいつだってそんなもの……。

さて。なぜ、私がこんなにバカげた現実逃避をずっと続けているかって？？？


「ルーシー嬢？　どうかなさいましたか？」

「‼　いいえ、なんでもありませんわ、ほほほ……」

私は現在、お見合い真っ最中だった。今日のお相手はスミス侯爵家のご長男、ディオ・スミス様。とっても紳士的でお優しい方だけど、きっとこの人も公爵家との繋がりが欲しいんだろうな～。だって一度も話したことないもんな～。はあ。

最近は、こうして何度か色々な方とお会いしている。

大部分の求婚に関してはお父様にお願いして即お断りしていただいた（嬉々としてお断りしてくれた）。だけど、やはりお父様の仕事の都合だとか、公爵家としての繋がりだとかで簡単には断れないものもある。

それでもやんわり辞退しようとはするのだけど……そうすると、大抵はこう続けられる。「せめて、一度だけでも一緒に出かけてやってくれませんか？」

それでも断れないわけじゃなかったけれど、意外なことにお母様が反対した。

「いいこと、ルーシー？　あなたは今選ぶ側。チャンスがたくさんあるうちに会ってみておくのもいいと思うのよ。全部だめならそれでもいい。知りもしないで断って、実はいい人だった！　だなんて目も当てられないでしょう？　あなたには次こそきちんと好きになれる人と一緒になってほしいの」

なるほど、と思ってしまったものだからもう断れないでしょう？

しかし、私は長いこと殿下の婚約者として人との関わり少なく過ごしてきた女。

男女で出かけることだって全くなかったし、いきなり二人で楽しんでおいで、なんて送り出されても（ちなみにもちろん護衛はどこかに潜んでいる）よくわからない……！　楽しさがわからない。

いえ、楽しさよりも気疲れが先に来ているのよね。

——あら？　そういえばアルフレッド様に対してはそんなことなかったわね？　……まああれはたまたま出会ってお茶しただけで、こうしてお見合いで出かけるのとはわけが違うか。

「この後はカフェに行きたいとのことでしたよね？　希望のお店はありますか？」

「いいえ、美味しいお菓子とお茶が頂ければどこでも嬉しいですわ」

「そうですか……では、あの店なんてどうでしょう？」

ディオ様が指し示す方向にあったのは、偶然にも先日アルフレッド様と行ったあのカフェだった。

「……すみません、やっぱり向こうのお店が気になるので、そちらでも構いませんか？」

「？　はい、もちろんです」

あのお店のケーキは本当に美味しくて、ぜひまた行きたいと思っていた。それでも、なぜか今日はできれば行きたくないな、と思ってしまったのよね。どこでもいいって言ったのに失礼な話よね？　反省反省。……でも、なんでそう思ったんだろうな？


入ったカフェで頼んだケーキはこれまたすごく美味しかった。

「とっても美味しかったですわね！」

思わず笑顔でそう言うと、ディオ様は薄く笑った。

「そうですね、とても美味しいケーキでした」

あれっ。

明らかに微妙な顔をしているディオ様の反応に、少しだけ戸惑う。

……その反応にピンときた。たぶん、甘いものがあまり好きじゃなかったんだわ。確かにクリームの少ないシンプルなシフォンケーキを選んでいたし、むしろ苦手だったのかも。それならそうと、無理せず言ってくだされればよかったのに……ううん、私がケーキに夢中で気がつかなかったのも悪かった。そんなことおくびにも出さずに本当に優しい方だわ。

だけど、こうして気を遣われすぎてしまうとちょっと居心地が悪く感じてしまう。付き合わせてしまって、申し訳なかったな……。

うーん、やっぱり私にはいきなり全然知らない男の人と二人で出かけるのは少しだけ難しいみたい。

そろそろ帰りましょう、ということで馬車に向かって並んで歩く。隣に並ぶディオ様の横顔をこっそりと見つめてみる。

キリっと切れ長の目は涼しげで、十三歳にしてすでに背も高い。物腰も穏やか、優しくて、長い手足はとってもスマート。もちろん一度目にもとてもご令嬢たちに人気のあった人だ。

でも、なんかしっくりこない。どうも何かが違う。なーんて、私がそんな風に言うのもおこがましいのだけど。なんてったって世間的には私は王子に捨てられた元婚約者。そんなことを思いながら、なぜか一瞬アルフレッド様の笑顔がよぎった。

——あれっ！　そういえばすっかり忘れてたけど、ディオ様って学園でよく殿下と一緒にいた側近候補で、ミリアさんとも仲良くしていなかったっけ⁉　甘い物のこともそうだけど、本当はミリアさんみたいな子がいいと思っているのに、無理して私に合わせてくれたのかもしれない。

ディオ様に馬車で屋敷まで送っていただき、その手を借りて降りる。

さあ帰ろうかというところで、エスコートのために触れていた手をきゅっと握られた。

「ルーシー嬢、今日はありがとうございました。ご一緒できて本当に楽しかったです。また、こうして会ってはいただけませんか？」

甘くはにかむディオ様はやっぱりとっても素敵な人だと思う。

「……私も、とても楽しかったですわ。機会があれば、また」

そうして曖昧に笑って、今日のお見合いは終了した。


夜。またたくさんの求婚の手紙を見ていく。

うーん、これまで何人かと会って、皆さんいい人だったけど、なんだかちょっと疲れちゃったわ。

お母様の言うことは理解できるけど、どうにも気分が乗らないのである。

そして、気づいてしまった。

「なんだか、求婚してくださっている人の中に、時戻り前にミリアさんに傾倒していた方が何人もいるわね……」

気づいてしまうと、ますます気分が乗らなくなる。

だって、考えてもみて？　殿下がミリアさんを連れて私を訪ねてきたとき、なんて思った？

「ミリアさんみたいな可愛いタイプが好きなら、そりゃ私なんて嫌よね」って思ったのよ？

実際はそもそも誤解から私のことを嫌っていたわけだけど、それでもあのときそう感じたことは懸念《けねん》事項として無視できない。

私らしからぬ後ろ向きな考えではあるけれど、ミリアさんのことを慕っていた男性は、私のことはあまり好きになれないいんじゃ？　と思うわけだ。

ああ、ダメだ、どんどん気分が重くなっていくわ……これもうやめちゃダメかしら？

憂鬱《ゆううつ》な気分のまま手紙の仕分けをしていると、手伝ってくれていたユリアが急に顔を勢いよく上げた。そのあまりの動きの激しさに思わず体がビクッとする。

「お嬢様！　朗報です！」

「な、なに？」

「お嬢様……これがこのユリアの見つけた、輝く運命への招待状です……」

いかにも芝居がかったような仕草で、膝を突き両手でうやうやしく一通の手紙を差し出すユリア。

え、何それ、ちょっとかっこいい……っ！

ちょっとテンションが上がって、うきうきで差し出された手紙を受け取る。

その手紙には、バルフォア侯爵家の封蝋《ふうろう》が押されていた。


ここ最近、ユリアがちょっと拗ねている。

「ねえユリア？　そろそろご機嫌直してよ？」

「……」

「そもそも一応、私あなたの主人なんだけど」

「だって、お嬢様」

うんうん、あなたが何をそんなに不満に思っているのかはわかっている。それでも私にだって事情があるのだ。

「お嬢様、やっぱり私にはわかりません。どうしてバルフォア家のご子息は駄目なのですか？　あんなに楽しそうにしてらしたのに……」

唇《くちびる》を尖《とが》らせてもにょもにょ言っているユリア。そんな風にいじけてみせても、ダメなものはダメ！


あの日、ユリアが嬉々としてバルフォア家の封蝋の押された求婚の手紙を渡してきた後。私は迷わず即答した。

「却下《きゃっか》」

「なんでですか⁉」

その瞬間、ユリアはそのまま崩れ落ちた。

なんで？　だって考えてもみてよ！　確かにアルフレッド様は素敵な人だけど、なんたってミリアさんの元婚約者よ？　（時戻り前のことだけど！）

　真相はよくわからないし、多分に誤解は含まれていそうだとはいえ、彼はミリアさんのことをとても愛していたみたいだし。

　ミリアさんのような可愛い女の子タイプが好きな男性は、やっぱりどう考えても私の手には余る。

　あーあ、ミリアさんってよく考えるととてつもなくすごいわよね？　一応この国で最も高貴な男性の一人である殿下の恋人で、それでも他の多くの男性にも愛されていて、おまけにアルフレッド様の愛まで一身に注がれて……。ちょっとだけ、羨《うらや》ましい。

　さすがにたくさんの男性に望まれたいとは思わないけど、私も誰かに特別に愛されてみたい。

「ユリア、手紙を書くから紙とペンをちょうだい」

「お、お嬢様、もしや……！」

「違うからね？」

　一瞬だけ目をキラキラさせたユリアは諦めて手紙を書く準備をしてくれる。よくわからないんだけど、どうしてこんなにアルフレッド様推《お》しなのかしらね？


　数日後、手紙の返事を受け取った私は。

「ルーシー様！　ちょっと、いらっしゃるのが遅いんじゃありません⁉」

再びシャラド侯爵家に来ていた！

「ごきげんよう。ごめんなさい、私、そんなに遅かったかしら？」

「ごきげんよう、ルーシー様。今のは『楽しみすぎて早く準備しすぎちゃった！　あなたに会えるのが待ち遠しかったです！』ってところでしょうか。気にしなくて大丈夫ですよ」

「マリエ様あああぁ！！！」

小気味よい絶叫が響く。

うふふ、よかった！　アリシア様は今日も元気に可愛い！

アリシア様は今日もたくさんのお菓子を用意してくださっていた。特にマドレーヌは種類が豊富。ん〜！　やっぱり美味しい！　シャラド侯爵家の料理人はとっても優秀だわ……！

「それで？　いきなり会いたいだなんて手紙を送りつけてきて、いったいどういうつもりですか？」

「ちなみにアリシア様、小躍りして喜んでましたよ」

「だから！　マリエ様……！」

アリシア様はまたもや涙目でマリエ様を睨みつけるけれど、マリエ様は全然堪《こた》えていない。そう、私はお二人に会って、相談したいことがあったのだ。なんたって、お友達だから！　やっぱり、悩みはお友達に聞いてもらうのが一番よね？

ところで、友達ってとってもいい響きね……！


「は？　今なんと？」

聞き返してきたのはマリエ様だった。

「だから、あの、どうすれば殿方《とのがた》にモテるのかしら、と……」

私の言葉にぽかんとした顔をする二人。何か、何か言って！　こんなこと相談するのは実際私も恥ずかしいんです！

私は悩んでいた。どうにもミリアさんがちらついて、男の人と向き合う気になれないのだ。ミリアさんのような女の子が好かれるのはわかる。とっても可愛いし。やっぱり男の人は可愛らしい女の子が好きなんだなって納得。でも、わかっていても私がそうなれるかというと……そもそも外見が違いすぎるわよね？　近寄りがたいと言われがちな私が可愛く見られるには、いったいどうしたらいいの？

アリシア様とマリエ様はしばらく私のことをじっと見つめていたと思ったら、顔を背《そむ》けて二人でひそひそ相談し始めてしまった。

「ねえ、マリエ様？　ルーシー様ったら何言ってるのかしら？」

「ちょっと私にはわかりかねます」

「そうよね、私にも理解不能だわ。モテたい？　……これ以上？」

「ルーシー様って自分が周りからどう思われているのか全く知らないんじゃ？」

「でも確か求婚が殺到しているってお父様に聞いた気がするけれど」

「ちょっと聞いてみましょうよ」

何々？　あんまりひそひそされると不安になってくるんですけど……！　やっぱり私がモテたいなんて甚《はなは》だおかしいってことなの？　もしも二人にもそんな風に思われているならさすがにちょっと傷ついちゃうんだけど。

最後に頷きあって、こちらに向き直ったマリエ様が真剣な顔で口を開いた。

「ルーシー様。多くの求婚を受けているのではないですか？」

「え？　マリエ様、どうしてそれを？」

「受けているのですね？　それはルーシー様の言うところのモテているということでは……？」

なるほど。傍《はた》から見るとそう見えるのかもしれない。しかし現実はそう甘くはないのだ。当事者である私はよくわかっている。

「いえ、残念ながらそうではないんです。求婚は公爵家との繋がりを欲してのものでしょう？　殿方はやはり、ミリアさんのように可愛らしい女の子が好きですわよね？　私はどうも可愛げがなくって」

ぽろりと本音を吐露《とろ》すると、心配そうにこちらを見ていたアリシア様の表情が一変した。

「ちょっと待ってください。それ、まさかどなたかがルーシー様に言いましたの？　――なんて罰当たりな！　こんなに素敵で可愛いルーシー様を前にして⁉　あの男爵令嬢の方がいいなんて寝ぼけたことを言う殿方が⁉　いらっしゃるの⁉　信じられない‼　冗談は殿下だけにして‼」

「アリシア様！　お言葉が乱れています！　どう、どう！」

アリシア様はマリエ様の制止ももののともせず、私の両手を素早く握った。

「ルーシー様！　もういいですわ！　もしもルーシー様の魅力を理解しない殿方ばかりでしたら、私がルーシー様をいただきます！　必ず！　ご安心なさって！　私のルーシー様を変な男には絶対に渡さない」

「アリシア様……！」

あまりの感激に涙が零れそうだわ……！

「いい話みたいになってるけど、きっとそれルーシー様の誤解だと思うんですよね……！」

帰り際、マリエ様がそっと小さな紙袋を渡してくださった。

「これは……？」

「うちで作っている薬草を乾燥させた物です。普通のお茶に少し混ぜて薬草茶にして飲んでいただけます。風邪を引かないようにするにはどうすればいいか、気にしてらしたでしょう？　よかったらどうぞ。我が家でもよく飲んでいる物です」

私はもう胸のときめきが止まらなかった。ああ、マリエ様もアリシア様もなんて素敵なお友達な

の⁉

友情、万歳！

ところでマリエ様、なんだか少し疲れてない？


落ち込んでいた気分もすっかり浮上して、上機嫌で屋敷に帰る。

するとそこには、私以上にとてつもなく上機嫌なお父様がいた。側に控えるユリアもなぜかにこにこと嬉しそうに笑っている。

どうしてかしら？　なんだか嫌な予感がするわ？

結果として、私の心配は当たることになる。

「ルーシー！　今日、バルフォア家のご子息がうちにいらしたよ！　ぜひ君と婚約したいと。いやあ、最初はどう追い返してやろうかと思ったけど、彼の情熱はなかなかのものだね！　ルーシーが嫌だと言ったから一度断ったのだけどね？　お父様は彼がイチ推しだな！　どうだろう？　できれば一度会ってみなさい！」

すっごく饒舌《じょうぜつ》だった。お父様、この間まで私に求婚が来ることすら嫌がっていたじゃない……‼　果たしてアルフレッド様はお父様に何を言ったのか？

私は思わず頭を抱えたのだった。

数日後、レイスター公爵家エントランス。

そこには、朝っぱらから輝かんばかりの笑顔が眩しいアルフレッド様の姿があった。

この間、街で会った時と同じように軽装だ。

「おはようございます、レイスター公爵、ルーシー嬢」

「やあやあ！　おはよう、調子はどうだい、アルフレッド君」

うちの屋敷にアルフレッド様がいるなんて、なんか不思議な気分……。

そんなことを考えながらなんとなく言葉に詰まる私をよそに、隣に立つお父様はにこやかに彼を迎える。

そんな中……。

「にゃお〜ん」

アルフレッド様の足元に、ミミリンがごろごろと喉を鳴らしながら擦り寄っていった。

驚愕《きょうがく》した。

ミ、ミミリン⁉　どうしてあなたはそんなにアルフレッド様に懐いているの⁉　いつの間に触れあうまでに⁉　あの日、私がシャラド侯爵家に遊びに行っている間にあなたたちの間にまで何があったのよ！　いつも家族以外にはツンと冷たく高貴な振る舞いで突き放しているじゃない……！
（なんなら家族も突き放されがち）

なんだか私、裏切られた気分よ⁉

私の悲痛な心の叫びはミミリンに届くわけもなく、彼女は気ままにアルフレッド様に体を擦りつけていた。なんだか甘えたような声を出しながら。

「みゃあ～ん」


「さて、ルーシー！　二人で楽しんでおいで。うちの護衛とユリアは別の馬車で付いていかせるからね」

お父様に促され、私は心の中でため息をつきながら、満面の笑みを浮かべるアルフレッド様にエスコートを受ける。

バルフォア侯爵家の馬車に同乗するのは、アルフレッド様の侍従らしい。馬車の前には背の高いやせ型の男性が私達を待っていた。黒髪黒目が理知的な優しいお兄さん風だ。私達より何歳か年上だろうか。

「紹介いたします、ルーシー嬢。こちらは私の侍従のグレイです」

「よろしくお願いいたします」

グレイさんはうやうやしく頭を下げる。

「よろしくお願いしますね、グレイさん」

そうして私達は予定通り街へ向かった。


あの日、結局私はお父様のアルフレッド様ごり押しを躱《かわ》しきれなかったのだ。

「え⁉　もうすでに一度一緒にお茶したの？　偶然会って？　なんだ、それなりに仲いいんじゃないか～。君がバルフォア家のご子息は嫌だと言うから、てっきり何か問題でもあるのかと思ったよ。一度じゃよくわからなかっただろう？　ユリアにもとても良いご令息のようだと聞いているし、お父様も同じ意見だよ！　もう一度一緒に出かけて、それでもダメなら諦めさせるから！　だって、お父様、もうオッケーって言っちゃったんだよ～」

やっぱりものすごく饒舌だった。というか既にオッケーしているなんて、お父様の裏切者……！　お母様はアルフレッド様に限らずどんどん会ってみればいいじゃない！　というスタンスだし、二人にアルフレッド様との婚約に乗り気になれない理由を言えるわけもない。結局私はなすすべもなく頷くしかなかったのだった……。

「ルーシー嬢、今日は無理を言ってすみません。とても美味しいと評判のカフェにご案内しますので、どうか色々なことはいったん忘れて、一緒に楽しんではいただけませんか？」

遠慮がちにおずおずと私の顔を覗き込むように言いつのるアルフレッド様。その隣でグレイさんも心配そうな顔で私を見つめている。

うっ……別に、アルフレッド様に何か問題があるだとか、彼が何かしたとかいうわけではないのだ。私の気持ちがどうにも追いつかないだけで。

仕方ないので気持ちを切り替える。そう、ケーキよね！　美味しいケーキを食べに行くのよ！

「はい、カフェ、楽しみですわね。今日はどんなケーキが食べられるかしら？」

私が笑顔でそう答えると、アルフレッド様はふわりと笑顔を浮かべた。

や、やめて！　そんなに嬉しそうな顔をされると、なんだか恥ずかしくなってくるわ……！　たまらずそっと目を逸らした。それでも視界の端で、アルフレッド様がにこにことこちらを見つめているのを感じた。……馬車の中がなんだか暑い気がする。

馬車を降りると、アルフレッド様はさらりとエスコートしてくださる。他の方と出かけるときにもエスコートはしてもらったけれど、彼のエスコートはどこか安心感がある。しっくりくるというか……優しいお人柄ゆえなのかしら？

「今日行くお店はだいぶ悩んだんです。候補がいくつかあって……でも、ルーシー嬢は焼き菓子もお好きでしょう？　ケーキと一緒に小さな焼き菓子を出してくれるカフェなんですけど、どうでしょうか？」

「まあ！　それは嬉しいですわ。ふふふ、アルフレッド様にはすっかり私の好みがバレてしまっていますね」

「あなたの好みを自分が知っているのは嬉しいですね。そして、私の好みとよく合うことも……すごく嬉しい」

言いながら少しはにかんで、エスコートのために腕に添えた私の手に反対の手でそっと触れる。

その触れ方が壊れ物を扱うかのように優しくて、なんだかどぎまぎしてしまう。

ねえ、この人……本当に十三歳なの……？　だから！　私は！　男性への免疫《めんえき》がほとんどないんだってば……！（殿下のせいでね！）

カフェに着くと、どうやら予約をしてくれていたのか、すっと奥の席に通された。あまり目立たない入り口の、全体的に少しこぢんまりとしたカフェだ。席数も多くなくて、でもそういう要素の全てがなんだか隠れ家的なお店という感じでわくわくする。

「こんな素敵なお店、よく知っていましたね？」

少し興奮して思わずそう聞くと、アルフレッド様はちょっとだけばつの悪そうな顔をした。

「実は……ルーシー嬢と出かけられることが嬉しくて、少しリサーチしました。せっかくなら、少しでも喜んでほしくて……だから、きっとお菓子やケーキの味も気に入っていただけると思います」

——不覚にも、きゅんとした。

なにそれ。なにそれ、なにそれなにそれ。私と来るために、わざわざ調べてくれたの？　それでこんなお店を？

ここはカフェが多く並んでいる通りで、有名店も、外観がとても可愛くて目を引くお店も他にいくらでもある。そんな中、良くも悪くもここは落ち着いていてあまり目立たない。私もケーキやお菓子が好きだから、いつだって美味しいお店を求めていろんな人におすすめを聞いたりするけれど、このお店のことは知らなかった。

……たぶん、本当に、ものすごーくリサーチして見つけてくれたんじゃないだろうか。

私の驚いた顔を見て、アルフレッド様はばつの悪そうな顔から、悪戯《いたずら》が成功した子供のような、ちょっと得意げな顔になった。

注文したケーキと共に、紅茶と焼き菓子が運ばれてくる。

私はシフォンケーキ。とろりと生クリームが添えられていてとってもそそられる。アルフレッド様はチョコレートタルトだ。焼き菓子も選べたので二人ともマドレーヌにした。ただし、味は私がショコラで、アルフレッド様はプレーン。

前に偶然会ってカフェに行ったときのことを思い出す。あのときも彼は季節のタルトを頼んでいた。

「アルフレッド様、もしかしてタルトがお好きなんですか？」

「あ……はい、実は。そういえば先日もタルトでしたね。なんだか少し恥ずかしいです。このクッキー生地と言うんですか？　これがすごく好きで。普通のクッキーも好きです」

「まあ、ではお茶会で、庭園の奥で会ったときに、ハンカチの中にクッキーも入れておいて正解でしたわね」

「あのクッキーも美味しかったですね。まさかハンカチの中からお菓子が出てくるとは思いませんでしたけど」

私達は顔を見合わせて笑った。

シフォンケーキに少しクリームをつけて口に運ぶ。ふわふわのケーキととろとろのクリームがすっごく美味しいわ……！　あまりの美味しさに顔が緩むのを感じながら満喫《まんきつ》していると、アルフレッド様がこっちをじっと見ていた。

「シフォンケーキ、美味しいですか？」

「ええ！　とっても！」

「……クリーム、ついてますよ」

「えっ」

慌てて口元に手をやる。

「口元じゃなくて……」

言いながら、アルフレッド様はおもむろにこちらに手を伸ばし、私の頬を指でなぞった。

――ぶるりと、体が小さく震える。

「はい、取れましたよ。もう大丈夫です」

にこりとこちらにむかって甘く微笑むアルフレッド様。その顔があまりにも蕩《とろ》けそうで、私はお礼の言葉も出てこなかった。

あ、あま、甘いわっ……。

なんだか動悸《どうき》がするわ……！　おまけに目の前が少しだけふわふわする。

それからもにこにこと笑顔のアルフレッド様と、随分色々話した気がするけど。なぜだかどこか夢見心地で、どんなことを話したのか全く記憶に残らなかった。


「良かったらこの後、少しこの辺りを歩きませんか？」

「えっ？」

「散歩しながら……気になるお店を見つけて、また、一緒に来られたら」

カフェを出たところで、アルフレッド様は軽く私の手に触れながらそんなことを言った。

「……そう、ですわね。気になるお店を見つけたら」

今日こうして一緒に出かけるのもあまり乗り気になれなかったはずなのに、気がついたら私はそんな風に答えていた。

アルフレッド様はまた嬉しそうに顔を緩ませて。

「では、ぜひ気になるお店を見つけましょう。……何軒でも」

そう言って、触れた手に少しだけ力を込めた。

私は、どうかしている。あんなにミリアさんのことが気になって、彼女を慕っていた人とはあまり関わりたくないと思っていたはずなのに。

……なんだか、次はどんなお店にこの人と一緒に行きたいか、なんて、さっきからそんな想像が止まらないのだ。

「じゃあ、行きましょう」

当然のように私の手を自分の腕にそっと絡《から》ませて、アルフレッド様は歩き出した。

ぽつりぽつりと、他にはどんなお菓子が好きか、お菓子以外はどんなものが好きか、なんてことを話しながら歩く。最初が食べ物をきっかけに話すようになったせいもあるのか、私達の話題は食べ物のことが多い。

食べ物の話ももちろん楽しいけれど、アルフレッド様は普段何をしているのかしら？　食べ物以外で好きなものは？　好きな色とか花とか、男性だからお花は別に興味ないかしら？　反対に、嫌いなものは？　甘いものの中にも苦手なものはあるのかしら……どこまで聞いてもいいのかな？

あんまり踏み込んで聞いたら嫌かもしれない。

会話しながら頭の片隅でそんなことを考えていて、不意にはっとした。

待って？　これじゃあ私、アルフレッド様のことが気になって仕方ないみたいだわ？

浮かんだ考えを振り払うように、思わず頭を軽く左右に振る。隣で彼は少し不思議そうな顔をしていた。

「ルーシー嬢？　あの、どうかしましたか――」

言葉を掛けられながら路地の角を曲がると、側のお店の前で誰かが大きな声で、まるで言い争うかのように会話しているのが耳に飛び込んできた。

「～～！　～～～？　～～！」

「坊ちゃん、悪いがなんて言ってるかわからないよ！　とりあえずいったんこっちに来てくれ、話ができそうなやつを連れてきてやるから」

私と同じくらいの背格好の帽子を深くかぶった少年と、その店の店主らしき男性が話しているようだが、店主の方はひどく困惑しているようだ。どうも少年は異国の人間らしく、言葉が通じていない。

「トラブルですかね？　隣国の言葉でしょうか？　なんて言っているかまではわかりませんね……」

その様子を見ながらアルフレッド様がそう呟く。

しかし、私にはしっかりと言葉の意味が理解できていた。

「あの、ちょっと、行ってもいいですか？」

「え？」

「少し、待っていてくださいね」

「あっ！　ルーシー嬢！」

少年は言葉が通じない苛立《いらだ》ちからか徐々に声が大きくなっていて、店側もほとほと困り果てている。このままでは埒《らち》が明かない様子なので、私はアルフレッド様に一言声を掛けていまだに大きな声でかみ合わない会話を続ける二人に近づいていった。

『すみません、お困りですか？』

少年の言葉は、アルフレッド様が言っていた通り、隣国・ミラフーリス王国で使われている言葉だった。

少年は弾《はじ》かれたようにこちらに振り向く。

『お前、ミラフーリスの言葉がわかるのか⁉　ああ、助かった！』

心底安堵《あんど》したようで、ほっと息をつく。

わ！　この人、間近で見るとものすごく綺麗な顔をしているわ⁉

まるで女の子みたい！　……女の子じゃないわよね？

『俺の乗ってきた馬車が噴水のある広場の近くにあるはずなんだが、道に迷っちまったんだ。それで何気なくそこの店主に声を掛けたら言葉が通じなくてさ。もういいよって言ってるのにこの人離してくれないんだ』

よくみると、店主の手は少年の腕を掴《つか》んでいる。

なるほど。声を掛けられた店主が心底困惑していて怒っているわけでもなさそうなのを見ると、心配してなんとか意思疎通《そつう》しようとしたって感じかしら？

私が店主に向き直り少年の事情を伝えると、店主は気まずそうな顔をした。

「なんだ、そうだったのか。余計なことして悪かったなあ。あんまり綺麗な顔で泣きそうになって必死で声掛けてくるから、変な奴に追いかけられでもして困ってるのかと思ったんだよ」

ああ～……気持ちはわかるわ？　他国で迷子になってしまった心細さからか、なんだか目もウルウルしてるし！　これはなんとも庇護《ひご》欲をそそるタイプだものね……！

言葉も通じない少年を邪険《じゃけん》にするでもなく心配して保護しようとしていたあたり、この店主はきっとすごく優しい人なんだろう。

「あとは大丈夫です。こちらに任せてくださいませ」

「ありがとうよ、お嬢ちゃん。それにしてもまだ若いのに、外国語を話せるなんてすごいんだなあ！」

少年を目的地まで送ってあげようかと思ったけれど、なぜか焦ったように断られた。

『だいたいの行き方だけ教えてくれればいいよ！　騒ぎを起こしただなんてバレたら怒られちまう』

仕方ないので、三回くらい説明してあげて見送った。

「……ルーシー嬢、隣国の言葉を話せるんですね」

気がつけば側にきていたアルフレッド様が驚いた様子で私を見つめる。

「ああ、あの、先日まで一応妃教育を受けていましたし……」

「なるほど。確か婚約は十歳の頃に結ばれたんですよね？　他にも色々な勉強をしているでしょうに、三年であれほど流暢《りゅうちょう》に話せるんですね」

感心したように頷いている。

しかしなんとも言えない気分だった。

ごめんなさい、もっと長い間妃教育受けていました……！

なんて、そんなことは言えるわけがないので曖昧に笑ってごまかしておく。

それから散歩を再開し、私が他にどこの国の言葉を話せるか、なんて聞かれながら歩いていた。

すると、ふとアルフレッド様の視線が私から逸れた。次の瞬間さっと彼の表情が強張る。

え？　何……？

つられるようにその視線の先を追うと、道の向こう側で驚いたような表情の殿下が立っていた。

――隣に、こちらをじっと見つめる、ミリアさんを連れて。

道を挟《はさ》んで見つめ合うような形になる私やアルフレッド様と、殿下とミリアさん。

え～まさかここでこの二人に会っちゃうの？　思わずげんなりした。おまけに向こうもばっちりこちらに気づいてるし……。できることなら、見なかったことにして立ち去りたかった。

隣に立つアルフレッド様をちらりと見やる。彼はなんとも言えない苦々しい顔で殿下とミリアさんを見ていた。そして私の視線に気づいたのか、ゆっくりとこちらに振り向く。

そしてにこりと微笑んだ。

「ルーシー嬢、行きましょう」

ただし、その笑顔はものすごく引きつっている。

殿下達がこちらをまだ見ているかは見ないようにして、私とアルフレッド様はその場を立ち去った。

先ほどの場所を離れてからも、アルフレッド様の口数は少なかった。明らかにさっきの二人を気にしている様子だ。心ここにあらず。

そんな気はしていたのよね……。どこかで考えていた。アルフレッド様がミリアさんに想いを寄せるようになったのはどのタイミングなんだろう？　って。一度目の話を思い出すと、殿下も他のご令息たちも、そのほとんどがミリアさんの存在を認識したのは学園に入学してからのようだった。

でも、彼だけは違う。婚約にはいろんな経緯や思惑《おもわく》が絡んでいそうではあるけれど、学園入学前には二人はすでに婚約者だったはずだ。

――たぶん、もう好きだったんだ。

お茶会でミリアさんが、自分は殿下と愛し合っていると宣言したときのアルフレッド様の様子を思い浮かべる。彼は私が二人の仲を邪魔するのを期待しているようだった。

簡単にたどり着いた結論に、胸がズキリと痛む。

「あの、アルフレッド様」

上《うわ》の空でぽつりぽつりと話しているアルフレッド様の言葉を止める。

空色の瞳が私をその中に映した。

「あの、アルフレッド様。あの、ミリアさんのこと……その、なんというか……アルフレッド様は、大丈夫ですか？」

すると、途端に私を見るアルフレッド様の眉尻《まゆじり》がこれでもかと悲しげに下がった。

あ〜〜〜〜！　全然大丈夫じゃなさそうだわ⁉　私のバカ！　そりゃそうよね⁉　かつては婚約するほどだった自分の好きな人が、目の前で他の男と親しげにしている姿を目の当《ま》たりにして大丈夫なわけがないわ？　自分の無神経さに腹が立つ。けれど、正直言ってどうするのが正解だったのかはよくわからない。触れない方が良かった？　それとも？

戸惑うように瞳を揺らしていたアルフレッド様は、やがてもう一度真剣な様子になって私と向き合った。

「ご心配させてしまってすみません。大丈夫ですよ。……私は殿下ではありませんからね」

おどけたように最後に少し笑ってみせる彼が、健気すぎて胸が痛い。

彼があのお茶会の日から、どんな気持ちでいたのかはわからない。どんな気持ちで私に求婚しているのかも。もしかしたらミリアさんを吹っ切るために、表面上は同じような立場の私は適任だと思ったのかもしれない。

『自分は殿下ではないから』……諦めるような、自分に言い聞かせるようなその言葉がなんだかとても悲しく聞こえた。

殿下のバカ。アルフレッド様のどこが『危険な男』よ。こんなに優しくて愛情深い人の愛する人を、あんな風にかっさらった殿下の方が私に言わせれば酷い男だわ！

それでも、アルフレッド様は……ミリアさんには殿下じゃなければだめなんだ、自分では駄目なんだと納得しようと頑張っている。

なぜか、涙が出そうだった。


それからしばらく二人で散歩して、あの店が気になる、この店も美味しそうだと当初の予定通り楽しくお話しした。

帰り、馬車でレイスター家まで送ってもらう道中。

「ルーシー嬢。今日は色々ありましたが……どうかまた、私と会ってはいただけませんか？」

こちらを窺うようにおずおずとしたアルフレッド様の様子に、また胸が痛んだ。

この人は、いい人だ。素敵な人。だけど、他の女の子が好き。よりにもよって相手はあのミリアさんだ。もしかしたらまたあの日の殿下のように、やっぱりミリアさんじゃなければだめだと言われる日が来ることもあるかも。わかっている。殿下のことを愛していなかったなんてことは関係なく、やはり面と向かって他の女性を選ばれたことは小さく私に傷を作っている。

それでも。

「そうですね、また、お会いしたいです。……しばらくは、お友達として」

私の『お友達からよろしくお願いします』の返事に、アルフレッド様はパアっと表情を明るくした。

もしもこの先、自分がまた傷つくことになるかもしれなくても。

今は私以上に傷ついているこの人の側にいたいと、どうしてもそう思ったのだ。

——その日の夜、レイスター公爵家では。

「それでは、家族会議を始めます」

またもやルーシー抜きの秘密の家族会議が開かれていた。

「ねえ、姉さんは今日アルフレッド・バルフォアと出かけていたんだよね？　どうしてあんなに落ち込んでいたの？　まさかあいつも殿下のように姉さんを……？　もしそうなら絶対許せないんだけどどうしよう」

「落ち着きなさい、マーカス。でも二人はすぐ婚約とは行かなくとも、これから付き合いを重ねていく約束をしたんだよ？」

「でも父さん！　姉さんは明らかに様子がおかしかった！　夕食後に用意されたマドレーヌも二つしか食べなかった‼　いつも四つはペロリと行くのにっ……」

「やはり僕が間違っていたんだろうか……僕がアルフレッド君を勧めたばっかりに……？」

「――いいえ、間違ってはいないわ」

焦り喚くレイスター家の男二人に比べ、母ルリナは落ち着いていた。

否《いな》、興奮していた。

「ふふふ、むしろ大正解よ！　ルーシーはきっと……これからうんと素敵な女の子になるわ……恋は女を綺麗にするって言うでしょう？」

うっとりと微笑むルリナの言葉に、シスコンのマーカスと娘ラブのクラウスははっと息を呑む。

「にゃあ～んみゃあん」

何も心配いらないわよ、と言わんばかりに、ミミリンだけが余裕の表情でごろにゃんごろにゃんと上機嫌で足元をごろごろ転がっていた。

そしてまた、夜は更けていく。

閑話　恋する男の大奮闘

その瞬間、アルフレッドの世界は一変した。

個人的に面倒くさく思う理由もあり、全然乗り気ではなかった王宮での王妃様主催の同年代ばかり集めたお茶会。バルフォア侯爵家の嫡男として欠席する道はなく、仕方なく挨拶の列に並ぶ。

そこに、ルーシー・レイスター公爵令嬢はいた。

（あれは……ルーシー嬢！）

目が合った瞬間のアルフレッドの心の中はこうだ。

（なんだあれは！　彼女はやっぱり本物の天使じゃないのか⁉　めちゃくちゃ可愛い‼‼）

心の中には一気に色とりどりの花が咲き乱れ、春のそよ風がさわさわと少年アルフレッドを弄《もてあそ》ぶように通り抜けた。

ルーシーは恐らく覚えていないだろうが、実はアルフレッドはずっとルーシーのことを知っていた。彼が初めてルーシーと出会ったのは七歳の頃。ルーシーがジャックの婚約者になるよりもずっと前のことである。

騎士団副団長の父親に連れられ王宮へ通っていた時期に、同じように父に連れられ、親が王宮に勤める他の貴族令嬢と度々《たびたび》交流を持っていたルーシーを見つけたのだ。

最初は幼心《おさなごころ》にすごく可愛い子がいると思っただけだった。

だけど何度かその姿を見る度に、どんな子なのかを垣間見《かいまみ》る度に、どんどんルーシーのことが頭から離れなくなっていった。

そして、初めて言葉を交わしたときに。

『あのね、嫌なことはたくさんあるけど、その中で楽しいことを見つけるのが得意なの！』

そう言って花がほころぶように笑った顔を見たらもう駄目だった。

そう、まごうことなき初恋である。

しかし、その後アルフレッドは初恋の少女に見合う自分になるため鍛錬《たんれん》に明け暮れるようになり、ルーシーに会うことはなくなる。さらにその数年後、恋焦《こ》がれた天使のような女の子が第一王子殿下の婚約者に決まったという話を耳にすることになった。

（そうだ、ルーシー嬢は殿下の婚約者……）

並んで参加者から挨拶を受ける二人は、ときおり小声で会話しているようで、その仲は極《きわ》めて良好に見える。

心の中の花は一瞬で萎《しな》びて、暖かかった陽《ひ》だまりに一瞬で影が落ちた。

というか、ここ数年耳にするルーシー・レイスター公爵令嬢の噂と言えば、見た目は可愛いもののいつも無表情で、冷たい目をしていて、近寄りがたい人物であるのだとそんな話ばかりだった。

しかし、そんな噂が事実ではないと彼はわかっていた。出会った当時も彼女に嫉妬した令嬢につまらない嫌がらせを受けていたことを知っていたアルフレッドは、その噂が彼女を陥れるための悪評か、もしくは今も『嫌なこと』から自分を守っている彼女の勇敢な姿を勘違いしているかのどちらかだと思っていた。だが実際に目にした彼女は――。

（どこが無表情？　冷たい目？　相変わらず可愛くて、笑顔はまるで花の妖精じゃないか）

そう思うアルフレッドの頭の中では、妖精の羽の生えたルーシーが花畑の中ではにかみながら花冠を被《かぶ》っていた。彼の頭の中こそもはやお花畑だった。

あの天使のような妖精のような美少女にすでに婚約者がいることに内心で不貞腐《ふてくさ》れながら、お茶会をなんとかやりすごす。しかしどうにも令嬢たちに囲まれることに耐えきれなくなって、そっとその場から逃げ出した。ほんの休憩《きゅうけい》のつもりで。

そこに、幸運にも天使がいた。

マドレーヌに齧りつき、ハンカチに包んだお菓子を自分に差し出す天使。

（天使。とても可愛い）

自分の話をにこにこと、時に声を上げて笑いながら楽しげに聞く天使。

（やっぱり天使。どうみても可愛い）

「名残惜しいですがそろそろ戻りましょう。王妃様がいらっしゃる頃だわ。楽しい時間をありがとうございました」

ああ、天使との時間が終わってしまう……そして彼女は殿下の隣に戻るのだ。

（もう少し、あなたと一緒にいたいです）

喉元まで出かかった言葉はギリギリで飲み込んだ。彼女が困るとわかっていたから。

アルフレッドはこの時この庭園での、天使・ルーシーとのひと時を一生の思い出にしようと心に決めた。


ところが事態は急展開を迎える。


「王妃様！　聞いてください！　私……私とジャック様は、愛し合っているのです！　私達二人の仲を認めてはくださいませんか⁉」

驚き、思わずルーシーに目を向けるアルフレッド。偶然にも彼女もこちらを向いて、たまたま目が合った。

不謹慎《ふきんしん》にも、喜びと期待でいっぱいになった。

このときのアルフレッドの心の中はこうだ。

（ルーシー嬢、ごめんなさい！　俺はあなたという天使が地上に落ちてくるのを期待してしまっています！）

とんだポエマーである。

こう見えてアルフレッドはこれまでルーシー以外のどんなご令嬢に対しても冷めた感情しか抱いてこなかったし、ルーシーがジャックの婚約者になるという苦い失恋を経験して以降、恋だの愛だのと夢中になっている人を見るとバカげているとすら思っていた。神の存在だってあまり信じたことはなかった。とことん現実主義だったのである。

しかし、ルーシーとジャックがミリアの言葉を肯定した瞬間、全力で神に感謝した。

初恋が蘇《よみがえ》ったように再びルーシーに恋をして馬鹿になったアルフレッドは、まさにロマンチスト野郎だったのだ。

——そう、アルフレッドがルーシーに、ミリアと殿下の仲を引き裂くように期待した、などということは実は一切ない。ルーシーのとんだ勘違いだったのである。


その後。

街中での偶然の再会と夢のような奇跡でルーシーとのお茶という幸運に恵まれたあと、アルフレッドはすっかり恋にのぼせ上がった。

「聞いてくれよグレイ……ルーシー嬢って実は本物の天使だと思うんだ」

「何馬鹿なこと言ってるんですか」

「ケーキセットを前にしたルーシー嬢の可愛さと言ったら。俺は彼女の父親の精神力に脱帽だね。

あんなに可愛い娘がいたら誘拐《ゆうかい》が怖くてきっと夜も眠れてないだろうと思うんだけど体は大丈夫だろうか」

「俺はあなたの変わりようがあまりにすごくてびっくりしてますよ」

グレイの呆《あき》れた視線など気にもならないアルフレッドだったが。

「ところで……殿下との婚約解消からレイスター公爵令嬢に求婚が殺到してるってもっぱらの噂ですけど、アルフレッド様は求婚しないんですか？」

「は⁉︎⁉︎⁉︎」

ルーシーに夢中になりすぎて彼女に群がる男どもの存在すら目に入らなかったアルフレッド。

グレイから知らされた衝撃《しょうげき》の事実（よく考えれば当然のことだな！　と彼は思った）に慌てふためき、急いで自分も求婚するよう、父親に頼みこんだ。

このとき、アルフレッドは正直期待していた。

断れない理由があるもの以外は即刻断られているらしいことはもう知っている。

しかし、自分に向けるあの笑顔。すぐに選んでもらえなくとも、なかなかいい線いっているのでは？　と。争奪戦に加わることさえできれば、彼女を望む気持ちは他の男に負けない自信がある。

アルフレッドはガッツのある男だ。

（絶対に争奪戦の舞台に上がり、彼女の愛を勝ち取ってみせる……！）

闘志あふれるアルフレッド。

「アルフレッド。残念だが、求婚はすげなく断られてしまったよ」

「嘘だろう⁉⁉」

気まずそうな顔でそう言った父親の言葉に、アルフレッドはショックのあまりその夜高熱を出した。

しかし、一晩で身も心も復活したアルフレッドは決心する。

「グレイ……どうにかレイスター公爵に会いたい。ルーシー嬢に内緒で。どうすればいいと思う？」

「えっ」

アルフレッドは、ガッツのある男である。


――ルーシーの父、クラウス・レイスターはものすごく嫌そうな顔でアルフレッドを迎えた。

「やあ、バルフォア家のご子息殿。君の父上がどうしてもとあまりにもしつこいから時間を作ったけれど、いったい何の用で来たのかな？」

アルフレッドは覚悟を決めた。

「ルーシー嬢に求婚することを許していただきたく参りました」

しかし、相対するクラウスは鼻で笑う。

「おかしいな？　バルフォア家からの求婚にはすでに断りを入れているはずだけれど？」

冷たい眼差《まなざ》しに射抜かれても、アルフレッドはひるまない。心の中で一、二、三と数えながら静かに深呼吸する。

（落ち着け。大丈夫だ。熱にうなされたあの晩、何度も考えてこれしかないと決めた。俺ならやれるぞ！　ルーシー嬢との縁を絶対に失ってなるものか！）

「どうか、一度私の気持ちを聞いてはもらえないでしょうか」

このとき、クラウスは身構えた。

バルフォア家の嫡男、アルフレッド・バルフォア。彼の評判はそれなりにクラウスの耳にも入っていた。

騎士を多く輩出する家系の嫡男であり現役騎士団副団長の息子として彼もその才能を多く有していること。性格は真面目で実直、頭も非常によく、なかなかの切れ者であること。その容姿の端麗《たんれい》さから令嬢達からの人気も高いが、本人はあまり興味もないようで、冷めたような一面が見られること……。

以上を鑑《かんが》みて、きっと目の前のこの男は権力欲が非常に強く、我が公爵家との縁を結ぶのに必死になっているに違いない！　と判断した。

しかし。

（僕の大事なルーシーをお前のような男の前に出してやるもんか……！）

「初めてルーシー嬢を間近で見たのは六年前、王宮の庭園でした。そのとき私は天使様に出会ってしまったのだと思いました」

「は？」

飛び出してきた第一声の予想外の陳腐《ちんぷ》さに思わず力が抜けた。しかし驚いたのはそのセリフにだけではない。

目の前には顔をほんのりと桃色に染め上げ、うっとりと目を潤《うる》ませたアルフレッド。

（いや、お前は乙女か！）

そこから始まったのは、まさかのアルフレッドによる怒涛《どとう》の恋心の吐露だった。

「私はルーシー嬢を心からお慕いしています。天使のような愛らしさ、心の美しさはもちろん、大好きなお菓子を前にしたときの嬉しそうにほころぶ笑顔はどんな高価な宝石よりも光り輝いていますし、無邪気さを失わないままでいながら、毅然《きぜん》とした淑女の対応もとれる姿には尊敬の念を抱きます。え？　まだそんなに彼女のことを知らないだろう？　そうですね、いかに一緒にお茶を頂く栄誉を与えてもらったことがあるとはいえ彼女の魅力を完全に理解するにはともに過ごした時間が少なすぎることはわかっています。ですが考えてもみてください。それでもこんなにも、私の心臓は彼女に鷲掴《わしづか》みにされてしまっている。はい、私はもはや恋の奴隷《どれい》なのです。あの天使のようなルーシー嬢をこれからもっとよく知り、結果的にこの胸の苦しみが増すなら私は喜んで苦しみに悶えたい。あ、もちろんいい意味の苦しみです。彼女に与えられるものに幸せが付随しないものは存在しないと思っていますので」

ルーシーへの熱い想いを零すうちに段々調子が出てきて、うっかり心のままにポエミーなことも言った気がするがそれもご愛敬《あいきょう》。その後もアルフレッドは延々といかに自分がルーシー嬢に恋しているか、彼女を愛する権利を欲しているか切々《せつせつ》と語った。

アルフレッドは前述のとおり頭もよく、切れ者ではあったが、恋をしたお花畑に策略など思いつく余裕はない。ロマンチックピュアボーイの頭の中にあるのは知的な戦略などではなく、ただただ恥もプライドもその辺の草むらに捨て置いて自分の想いを天使の父親に向かってぶつけていくことだけ。

なぜかアルフレッドには妙な自信があった。

(これだけ好きなんだから、きっと伝わるはず!)

誰よりも強い自分のルーシーへの想いはきっと運命への道を切り開くと!!!

恋の脳筋である。

幸いだったのは彼の相手が重度の娘ラブ、クラウス・レイスターであったこと。

最初は「何を言ってるんだこいつ」と言わんばかりだったクラウスの顔は徐々に緩み、最後には感激した様子を見せ始める。

「アルフレッド君！　君のルーシーを愛する気持ちに私は感動した！　最終的にはあの子次第だからすぐに婚約をとは言えないが、私は君を応援すると約束しよう！」

恋の脳筋、大勝利の瞬間だった。（普通の父親ならたぶん引いていた）

かくして迎えることになったルーシーとの念願のお見合いデート（なんと甘美《かんび》な響きだろうか……！　とアルフレッドは悶えた）の日。

ルーシーがあまり乗り気ではなさそうなことにも気づいたが、恋い慕う相手ともう一度時間を共にできる喜びを抑えることはできなかった。

（きっと楽しい時間にしてみせますから、あなたに無理を言うことをお許しください）

そして心の中の誓い通り、彼は徐々にルーシーの頑《かたく》なな心をほぐしていく。

今日は人生最良の日だ、まあきっとこの最良は更新してみせるけれど、とうきうきのアルフレッドはその瞬間思わず顔も体も強張るのを感じた。

（嘘だろ……？）

あの、ジャックとミリアとの偶然の遭遇《そうぐう》である。

アルフレッドはショックで熱を出し寝込んだあの晩、考えていた。『どうして自分の求婚は断られたのだろうか?』と。

自分と一緒にいるルーシーは間違いなく楽しそうにしてくれていた。政略的な思惑での婚約を結ぶ気がないのはレイスター家の動向を注意して見ていればわかる。だからこそアルフレッドはきっと候補には入れてもらえると期待していたのに。

辿《たど》り着いた答えは一つだった。

(やっぱり、ルーシー嬢はきっと……殿下を恋い慕っていたんだ)

残念ながら、大いなる勘違いである。

しかし、彼にそれを気づかせる人間はいない。

つまりこのとき、アルフレッドが感じていたことはこうだ。

(せっかく失恋に傷ついたルーシー嬢がようやく心を開き始めてくれているのに……このタイミングでのご本人登場なんて勘弁してくれ……!)

何度も言うが、全ては残念な勘違いである。

勘違いのまま突き進むアルフレッドは二人を苦々しく見つめた。

(地上の天使をこんなにも傷つけておいて二人仲良くデートだなんて! くそっ、本当にどうしてこんな日に会ってしまったんだ)

その時、ルーシーがこちらをじっと見つめていることに気づく。

(ああ、可哀想《かわいそう》にルーシー嬢。こんなに不安そうな顔をして……)

「ルーシー嬢、行きましょう」

アルフレッドは苦しい気持ちになりながらどうにか微笑み、ルーシーをその場から引き離すことを優先した。

その後、色々と思いつくままにぽつりぽつりと話をするも、どうもルーシー嬢の表情は浮かないまま。段々と焦り、自分の言葉も上《うわ》ずっていくのを感じる。

（どうしよう、やはり傷ついている。どうすればいい？　どうすれば悲しい思いを忘れさせてあげられる？　どうすればルーシー嬢を楽しませることができるだろうか）

実はルーシーからは自分こそが傷つき、落ち込み悩んでいると思われているとは考えもしないアルフレッドは、ひたすらルーシーを笑顔にする方法を考えていた。

「あの、アルフレッド様。あの、ミリアさんのこと……その、なんというか……アルフレッド様は、大丈夫ですか？」

この時、アルフレッドの心は悲しみでいっぱいになった。思わず己《おのれ》の眉尻がこれでもかと下がるのを感じる。

心の中はこうだ。

（ルーシー嬢！　俺の天使！　地上に叩《たた》き落とされ痛みを味わった天使は怯《おび》えているんだ……また同じ痛みを受けるんじゃないかって。俺が殿下のようにあの令嬢を好きになるのではないかと心配している……！）

「ご心配させてしまってすみません。大丈夫ですよ。……私は殿下ではありませんからね」

なるべく安心させてあげられるように、と、殿下を揶揄《やゆ》するようにわざと最後に少し笑ってみせる。

——大丈夫ですよ、私は殿下ではありませんから（あんな風に他の女に心を奪われるようなことは決してありませんから）ね——。

だから、安心して俺にあなたの心の傷を癒させてください。そんな思いでアルフレッドはルーシーを見つめた。

こうして、中途半端《ちゅうとはんぱ》にポジティブで妙な自信を持った恋する男・アルフレッドと、必要以上に人の心を慮《おもんぱか》り変に臆病《おくびょう》になってしまった女・ルーシーのすれ違いの舞台は知らず知らずのうちに整ってしまったのだった——……。

ルーシーを送り届けた後の馬車内のアルフレッドとグレイ。

「……アルフレッド様、色々余計なこと考えないでとりあえずどれだけ好きかって告白しとけばよかったんじゃないですか？」

「馬鹿だな、それでルーシー嬢の悩みが解決するならいくらでもこの想いを捧げるけど、今のルーシー嬢に愛を囁《ささや》いたって困らせるだけだろう？　まずは態度で愛を示して『あれ？　もしかして私、愛されてる？』って思ってもらう方が心から俺の愛を信じられると思わないか？」

「なるほど、確かにそうかもしれませんね」

好きだと一言言ってさえいれば色々と解決していたことを、このときのアルフレッドはまだ知らない。

第三章　死の回避

アルフレッド様は私の『婚約者候補』ということで落ち着いた。

それをきっかけに他の求婚者には、「現在婚約を考えている者がいるから」という理由でお父様が全てお断りしてくれるようになり、私はようやくお見合いラッシュから逃れられることになったのだった。

そして、無事に自由の身になった私はというと……。

「ルーシー嬢、今日も薬草ですか？」

「あら、アルフレッド様。あなたは今日もうちにいらしたの？」

そう、私は薬草栽培にハマっていた！

ちなみにアルフレッド様は『お友達から』と答えたあの日以降、暇さえあれば我が家に来る。

あの、本当に暇さえあれば来てる気がするんだけど？？？　私、流石《さすが》にびっくりよ？　まあ、別に嫌じゃないけどね……！

マリエ様にお願いし、のちにハイサ病の治療薬となる薬草、ギュリ草を分けてもらって栽培を始めると、あれよあれよとハマってしまったのだ。

自分が丁寧に手をかけると、応えるように立派に育つ薬草たち。まるで我が子ね……色々と指導してくれている庭師のオズバンドが「花達は儂《わし》の子供達なんです」と言っていた気持ちを少しだけ理解できた。（私なんかがオズバンドに追いつけるわけがないから少しだけね！）

言われた直後はピンと来なかったのに。やはり何事も経験だわ！

今日も私に与えてもらった一角の土を掘り起こし、状態を確かめている。うーん、ちょっと土が固すぎる？　もう少し耕《たがや》した方がいいのかしら……？　最初に薬草を植えるときにはオズバンドが基本の準備をしてくれたから、私ではまだ全然わからない。後で聞きに行かなくちゃ……。

今までの私は、まず土の様子を見るだなんて知らないどころか考えたこともなかった。いつも庭師が綺麗に整えた花を愛《め》でるだけで、その花たちが美しくなるまでにどれだけ手がかけられているかなんて想像したこともなかった。

一度目の王妃教育でたくさんのことを学んできたつもりでいたけれど、カリキュラムがあって、スケジュールを立ててもらって、何を教わるかは全て決めてもらっていて、与えられるばかりの勉強だったものね。もちろん教師の皆様や王妃様には感謝しているし、学んだことは今でも私を助けてくれる。

それでも、自分で自分の知らないことを見つけて教えを乞《こ》うのがこんなにも楽しいことだとは気づかなかった！　敷地内の庭園の一角でさえ、こんなにも知らないことで溢れている。

「ルーシー嬢、私にも何かお手伝いできることはありませんか？」

「本当ですか？　では……一緒に土を掘り返してもらうなんて……駄目だわ、お召し物が汚れますね」

「！　それでは一度屋敷に戻り、着替えてまいります！」

「えっ⁉　そ、そこまでしなくても——って、行っちゃったわ……」

まあいいか……。オズバンドはレイスター家の広い庭園全てを見ているわけだし、ずっと私と一緒にいるわけにはいかない。だけどやっぱり誰かと一緒の方が楽しい。正直言うと、アルフレッド様が手伝ってくださるのは嬉しかった。

おまけにこうして一緒に過ごす時間が増えて気がついたのだけど、アルフレッド様は何をしても楽しんでくれるのだ。表情豊かだから、決して無理して付き合ってくれているわけではないということもわかる。だから安心感があって、つい甘えてしまう。

その後は本当に汚れてもいい服装に着替えを済ませてきたアルフレッド様と、ひたすら新しく薬草栽培するための一角の土を耕した。

「なんだ？　アルフレッド様もお嬢様の手伝いしてるのか」

「オズバンドさん！　お邪魔してます」

自分の仕事に一区切りついたオズバンドが私達の様子を見にきてくれると、アルフレッド様の姿を見つけて気やすい様子で声を掛ける。あまりにも何度も足を運ぶものだから、オズバンドとまで仲良くなってしまったアルフレッド様！　なんなの？　もう家族なの？

嬉しいようなむず痒《がゆ》いような気分で心の中で悪態《あくたい》をついていると、アルフレッド様がわっ！　と大きな声を上げる。

「ルーシー嬢！　見てください、ミミズが！」

「わあ！　すごく大きいですね……！　きっと良い薬草が育ちますね！」

「虫を怖がるルーシー嬢を助けるというシチュエーションも捨てがたいと思ったが、こうなってみればミミズを見て大喜びするルーシー嬢が可愛すぎて幸せだ……」

「アルフレッド様？　何か言ってます？」

「いいえ、何も！　さっ、続きをやりましょう！　よければこの場所は私が花を植えてもいいですか？」

「ええ、もちろん！　こうして一緒に作っているんですもの、ここはアルフレッド様の庭でもありますし」

感激したように言葉に詰まるアルフレッド様に、「大げさすぎないかねえ？」とオズバンドが呆れていた。

結局お父様を健康にすること、ハイサ病に備えるために薬草を常備すること、くらいしか私には思いつくことはできなかった。

それでも私が大きな声でお父様の体を心配し、健康になってほしいと触れ回ったからか、そんな私の様子になぜか感激した使用人たちは一致団結！

オズバンドが薬草の栽培を手伝ってくれるのと同じように、料理人は健康を考えたレシピを研究するようになった。

皆、私がお父様の死を回避しようとしているなんてもちろん知らない。だけどこうやって何かをしようと思えば全員で協力してくれる……。


おまけに。


「あら？　アルフレッド様、もしかして、今日はもう終わった後ですか？」

「はい、公爵様は今湯浴《ゆあ》みをしていると思いますよ」

「そう。……いつも本当にありがとうございます」

アルフレッド様はにこりと嬉しそうに笑った。

私がお父様の健康を気にしていることはアルフレッド様の耳にも入った。まあ、そりゃあれだけの頻度でレイスター家に足を運んでいれば当然よね。最近では我が家の人間もいつだって「今日も来るかもしれない」という認識で、彼はとうとう先触れを出すのを止めた。もちろん、私へのお誘いや本当に用事があるときは出してくれるけどね！

そして、「自分も公爵様の健康に貢献《こうけん》したい」と申し出てくれたアルフレッド様に付き合われて、なんとお父様は運動を始めた。

「ルーシー！　軽い気持ちで始めたのにアルフレッド君がスパルタだよ～！」

「お父様！　健康のためよ、頑張って！」

「そんな……ううっ、ルーシーがそういうなら……」

「健康のためには運動が一番ですよ、頑張りましょう、お義父《とう》様！」

「おい、誰がお義父様だ！　そこまではまだ許していないぞ、アルフレッド」

「調子に乗りましたすいません」

「にゃあぁ～ん」

流石にへとへとの様子が不憫になったのか、ミミリンが最近お父様に優しい。これにはお父様もにっこりだ。

「ミミリン！　お前は最高の癒しだよ、可愛い可愛い我が家のお姫様……！」

そんなお父様の様子にちょっと苦笑してしまう。お父様、見た目はすらっとスマートな美丈夫《びじょうぶ》だけど、運動不足は否《いな》めないものね……。

「ところでアルフレッド様、お願いがあるのですけど」

「！　ルーシー嬢のお願い!?　なんなりとお申し付けください！」

なんだかどこかの商人みたいになっているけど？

「お父様の運動の合間とか、時間が空いたときだけでいいので私に護身術を教えてくださいませんか？」

「護身術……？」

お父様とアルフレッド様が一緒に体を動かしているのを見ていると、私も何かしたいなって気持ちが湧いてきたのよね。それに一度目に殿下の婚約者として護衛をたくさんつけてもらっていた身としては、自分で身を守る術《すべ》を持っていることがどれだけ大切かよくわかっている。王妃教育として多少の剣術などは齧ったけど、私はいつも剣を持っているわけでもないし。

「護身術など身につけずとも、私がいつでもあなたをお守りするつもりですが」

真剣な目で言われてしまい思わずちょっとたじろぐ。だけど……。

「もしそうだとしても、いつも一緒にいられるわけではないでしょう？　覚えておいて損はないと思うんです」

私の言葉に、アルフレッド様はうーん、と少し考えるようなそぶりを見せて。

「わかりました。護身術はお教えします。でもそれとは別に提案があります」

「なんでしょう？」

「何かあったときに私にだけ伝わるように、目印を残すようにしませんか？」

「目印、ですか」

急にそう言われても、あまりイメージできないけれど……。

「なんでもいいんです。例えば、これ」

そう言いながらアルフレッド様は自分の首からペンダントを外して翳《かざ》してみせた。それをそのまま私に渡す。

「えっ？」

「もしものときには、これをその場に残してください。そうすればあなたがどこにいようが絶対に見つけ出して助けます」

「いえっ！　でも……いただけません」

慌てて返そうとするも、アルフレッド様は譲らない。

「子供の頃に自分で作ったんです。なんとなくお守りにしていて……こんなもの身に着けられないっていうわけじゃないならぜひ貰ってください」

「そういうわけじゃ……では、はい。ありがとうございます」

正直嬉しかった。本気で私に何かがあると思っているわけじゃないけど、心配してくれている気持ちを無下にしたくはない。

ぎゅっとペンダントを握る。そうやって思いやってくれる気持ちだけで、すでに十分守ってもらってる気分だ。ミリアさんのことを想っているアルフレッド様。彼女にできない分も婚約者候補となった私に誠実でいようとしてくれているのかもしれない。

彼は私のそんな様子に満足げに頷いて。

「では護身術、さっそくお教えしましょうか！」

私はペンダントを胸元にしまい込み、その後は護身術の手ほどきを受けた。

「ルーシー嬢が本当に護身術を使う機会があるとすれば、恐らくドレス姿でしょうからね、そのままの格好でできるものを簡単なものから少しずつお教えします」

「はい！」

気合を入れて先生・アルフレッド様に返事をするとなぜか彼は胸を押さえてうめき声をあげた。

「くっ！　これは修行か……？　可愛さの暴力……ルーシー嬢の攻撃力が高すぎる……」

ボソボソと何か呟いているけどよく聞こえない。暴力？　攻撃？　なんだか物騒《ぶっそう》なことを言ってる？　ひょっとして真剣に私が身を守るシチュエーションを考えてくれてるのかしら。設定を考えるところからスタートだなんて思ったより本格的ね……！

アルフレッド様はすぐに気を取り直してシャキッと背筋《せすじ》を正した。

「ルーシー嬢！　あなたは力が弱いので、迷わず急所を狙《ねら》ってください！」

「はい！　急所ですね！」

「狙いやすいのは目、鼻、鳩尾《みぞおち》などですかね……後はやはり大事なところ……」

「は、はい……！」

いざというときにパニックになって何もできない！　なんてことにならないように、実際に体を動かして練習する。体で覚えて咄嗟《とっさ》のときでも的確に急所を狙えるように！

基本の練習を何度も繰り返して、時々具体的にこういう場合は……とピンチを想定してどう行動すればいいかを丁寧に教えてくれるアルフレッド様。

「例えば、後ろから拘束《こうそく》されたとき。その場合は足先を思い切り踏んで、相手の力が緩んだら……

こう！」

「こうですか！」

「イイ感じです！　今は私が相手なので動きの確認だけですが、実際に相手と対峙《たいじ》するときには全力でやってくださいね」

「はい！」

実際に披露《ひろう》する羽目にはならない方がいいし、そうそんな機会はないだろうけど、なんだか今なら暴漢に襲われても撃退できる気がするわ……！　と、私が調子に乗ったのがわかったのかは不明だけど、ばっちり釘《くぎ》を刺されてしまった。

「こうして護身術を教えてはいますが、絶対に逃げ切れる自信があるとき以外は相手を刺激せず、身を守りながら助けを待ってくださいね。例えば男性相手だとまともにやりあって勝てるわけがないので」

「はい……」

こうしてほとんど毎日のように我が家にやってくる彼との日課が増えたのだった。

それから、マリエ様も気にかけてくださった。

「ルーシー様、こないだ差し上げたギュリ草、順調に育っていますか？」

「はい！　あの、この薬草で薬を作るとしたら、どのような病気に効くものになりますか？」

「え？　そうですわね……一般的には発熱や咳《せき》などでしょうか？　どうしてですか？」

「いや、あの、先日まで受けていた妃教育で、ちょうど発熱や咳のような症状が出る病が定期的に流行ると教えられて……気になったんです」

「まあ、妃教育で？　そんな病気あったかしら……それで薬草にも興味を持たれたんですね」

「ええ、まあ！　ほほほ……」

「なるほど。ルーシー様が気になるなら、私も試しに薬を作ってみようかしら……。まあ、ほんの趣味のようなものですけど」

「！」

　マリエ様が作る薬……気になる！

「あの！　もし良ければ私もお手伝いさせていただけませんか!?」

「えっ!?　ルーシー様が一緒に薬作りを？」

「はい！　薬草を分けていただいて育てるようになって、すっかり興味が湧いてしまって。もちろんお邪魔にならないように簡単な作業以外は手を出さないとお約束するので、どうかご一緒させていただけませんか？」

「まあ！　興味を持っていただけて嬉しいです！　私の薬作りは趣味のようなもので少し恥ずかしいですが、それでもよければ」

　そうして私は、度々ユギース子爵家に訪れてはマリエ様の作業部屋に入り浸るようになった。

入ってすぐ、すり鉢とすりこぎを渡してくれる。

「一口に薬草といってもいいものとそうでないものがあります。ルーシー様はギュリ草を育ててらっしゃいますから、ギュリ草で何か作りましょうか」

土や水、温度や湿度などどんな植物にどんな影響を与えるのか簡単に説明してくれながら一緒に作業をする。ギュリ草を乾かしたものをすり鉢で細かくしながら聞いていたのだけど、あっというまに腕がパンパンになってしまった。

「これは思ったより重労働ですわね……！」

「慣れればそうでもなくなりますよ？」

試しに、と一般的な薬草と合わせて簡単な風邪薬程度の効果が見込めるものを調合していく。途中から私はマリエ様の作業を見ているだけになったけれど、迷いなく次々手を動かすその姿はまるで魔法使いみたいだ。

「すごい……私には絶対にできません」

「ふふ、そう簡単にできてしまわれると困ります。これは薬師のお仕事ですからね」

楽しそうマリエ様。薬師という仕事が好きで、誇《ほこ》りを持ってらっしゃるんだとよくわかる。きっと彼女はいい薬師になるんだろうな……。

「でも、ルーシー様が興味を持ってくださっただけでも嬉しいです。実は私、アリシア様以外に友達がいなかったんです。小さな頃から薬草や薬に夢中で、変わってるってバカにされて。だからここに私が誰かを招くのもルーシー様がアリシア様の次、二人目です」

そう言われて驚いてしまった。薬草や薬、もちろん薬師という仕事も全部とても奥深くて、おまけに大切な物。そして好きなことに打ち込んでいるマリエ様は眩しいくらいキラキラと輝いてるのに。それを変わってるってバカにするような人がいるのね……。

「私も昔、随分馬鹿にされて、嘲笑《ちょうしょう》と侮蔑《ぶべつ》の視線を浴び続けたことがあります」

「ルーシー様が……?」

やり直しの中では起きていないことだけど、私の記憶には今もずっと残っている。

「その時は世界全部が敵に見えました。だけどそんなことなかった。自分を守ろうとして作り上げた見えない殻《から》の外に飛び出してみたら、幸せしかありませんでした」

マリエ様はそのことをずっと前から知っている。私なんかよりずっと強くて素敵な人。

私を嫌っている筆頭がアリシア様だと思っていたくらいだものね。彼女と仲良くなれなければきっとマリエ様と今こうしている時間もなかったに違いない。一度目もひょっとすると、私がもう少し行動を変えていれば何かが違ったかもしれない。結末が変わらずとも、もう少し楽しく生きられたかも。

「ルーシー様は、蝶《ちょう》のようですね。もどかしい幼虫の時期を経て蛹《さなぎ》の時間に経験の全てをないまぜにして、美しい羽を広げて世界に飛び出してくる。私が出会ったときにはもう美しく輝くルーシー様でしたから、幼虫や蛹の時も見てみたかったです」

マリエ様は照れくさそうにはにかんだ。たとえが薬草を自身で栽培し、土仕事も好んでするマリエ様らしい。最高の賛辞だわ……。涙が出そうになる。

「ところで、最近自分で育てたハーブを練り込んでクッキーを焼くのにハマっているんです。よければそれでお茶にしませんか？」

「クッキー！」

マリエ様ったらお菓子も作れるの？　いよいよ天才じゃない……！

身を清めて着替えてお茶していると、アリシア様がやってきた。

「どうしてお誘いしてくれないの？　信じられない！」

とぷりぷり怒っていたけれど、クッキーをかじって頬を緩めていた。やっぱり私のお友達は二人とも素敵で、王国一、いいえ、世界一可愛いわ！

ずっと音沙汰《おとさた》のなかった殿下からも便りが来た。

『いざとなったら原因を特定したと言って、一度目に君の父親の死の後に開発されたハイサ病の薬をすぐに調合してもらえるよう、王家から指示を出す。前回は特定までに数日かかったことを思えば少しは薬の完成までの時間を短縮できるだろう』

殿下は、私との約束を忘れてはいなかった。

『……その代わり、私の父を助けるためにもいざというときは手を貸してくださいね？』

あの約束を。

そんな風にできる限りの準備はしてきたけれど……ついぞ決定的な対策はとれないままだった。一度目に初めてハイサ病が流行った時期は近づいている。こんな対策で本当に死の回避ができるだろうか？　不安が募る。

けれど、たったこれっぽっちが今の私にできる限界だった。


そして、ついに我が国に最初のハイサ病の流行が訪れる時期が来た。


蓋《ふた》を開けてみれば酷い風邪のようなものだったハイサ病。しかし当初はもちろんそんなことはわからず、もしかすると疫病《えきびょう》の類《たぐい》かもしれないと危惧《きぐ》され、感染者は一つの施設に集められた。

そこで、お父様は亡くなったのだ。仕事中に倒れ、運び込まれたまま、家にも帰れず。

同じ施設で他に亡くなった患者は、一人もいなかったのに。


その日は突然やってきた。

知らせを持ってきたのは前回とは違い、アルフレッド様だった。前回は確かお父様の部下の方が急いできてくれたはずだったけど。

「ルーシー嬢、落ち着いて聞いてください。あまり情報が広まっていませんでしたが、実は今、王都中でとある病が蔓延しているようです。……今日公爵様が、王宮で倒れられました。これからしばらくはその病にかかった恐れがある者が案内される施設で療養することになります」

心臓が、嫌な音を立てる。

この時期の、とある病……療養するための施設……間違いない、ハイサ病の流行が、始まった。

あれほど、気にしていたのに。確かに一度目も急で、正確な日にちは覚えてはいなかった。ただ、その知らせより少し前からお父様はなんだか顔色が悪くて、少し怠《だる》そうに見えて……。だから、お父様のことを注意して見守っていれば万が一のときにもその兆《きざ》しにきっと気づけると思っていた。

だけど、ここ数日、お父様の体調が悪いなんてことは一切なくて……もちろん顔色も悪くなかったし、食欲が落ちるなんてこともなく、毎日元気に食事も摂《と》っていた。だからこそ、もしかしたら大丈夫かもって、思っていたのに。

基礎体力が足りなかったからハイサ病にかかってしまっただけで、今回は何事もなく病の流行をやり過ごせるんじゃないかって……そんな風に思っていたのに……。

……やっぱり、ダメなの？　また同じ結末になってしまうの？

命を落とす運命は、変えることができないの――？

思わず青ざめ、ぶるぶると震える私をアルフレッド様が必死で抱きしめ宥《なだ》めてくれた。

「落ち着いてください、ルーシー嬢。最初の患者からすぐに王家が原因を特定し、すでに薬の開発が急がれています。きっと大丈夫です。落ち着いて」

前回は、この三日後にお父様は亡くなったのだ。

薬の完成は、さらにその十日後だった。

いくらすでに薬の開発が始まっているとはいえ、間に合うとは、到底思えない――。

「ルーシー嬢！　しっかりしてください。大丈夫、ゆっくり息をして……私がついてます。ついてますから……」

アルフレッド様は震える私の手を痛いほど強く握りながら、励まし続けてくれた。

「気をしっかり持ってください。きっと大丈夫です。ほら、最近公爵様は以前よりずいぶんと健康的になられたでしょう？　あなたがここで倒れでもすれば、それこそ公爵様が心配なさいますよ」

その力強さに、少しだけ気持ちが落ち着いてくる。そうよ、一度目とは違う。私を支えてくれる手の温《ぬく》もりが、そのことを思い出させてくれる。全く同じ結末になるだなんて、そんなわけがない。

今この瞬間だってあのときとは全然違うんだから。大丈夫、きっと大丈夫。

「アルフレッド様、お願いがあります」

「なんでもおっしゃってください」

「庭で一緒に育てたギュリ草を、すぐにユギース子爵家へ届けます。手伝ってくださいますか？」

アルフレッド様からすればなぜギュリ草なのか、なぜ今なのかと疑問だったはず。だけど彼は何も聞かず、ただ力強く頷いてくれた。

「え……!?　本当に？　もう薬が開発された……？」

「はい！　もう大丈夫ですよ、ルーシー嬢。何も心配はいりません」

打って変わって明るい表情のアルフレッド様が我が家を訪れたのはなんとその二日後。

ちょっと待って？　薬ができるのがあまりにも早い……！

「お父様は？　お父様に薬は無事効いたんですか？」

「あ、いえ……薬はまだ全ての患者にいきわたるほどの量が確保できず、随時調製されている状態で……まずは症状の重い患者からということで、公爵はまだ順番を待っている段階で……」

「なんですって？」

お父様は一度目、誰よりも重症で一人だけ助からなかったのよ!?

まだ窮地を脱したわけではないのだと、さっと血の気が引いていく。そんな私の様子にアルフレッド様は慌てて言葉を続けた。

「落ち着いて、大丈夫です。今日正式に疫病ではないことが判明しました。公爵はごくごく軽症ですんでいます。薬の順番はまだですが、面会はすぐにできるようになると思います」

——ごくごく軽症？　面会はすぐにできる？

「面会許可が下りたら一緒に会いに行きましょう？　ね？」

信じられない。本当に？　だって、一度目は……。

呆然としながらも、心配そうに私を見つめるアルフレッド様に向かってゆっくりと頷いた。

どうやらお母様だけは先に、今日からもう面会が許されるらしく、急いでお父様の所へ向かった。

疫病じゃないことは判明し、薬もできたとはいえすぐに全ての面会が許されなかったのは一応の様子見という意味合いが大きいらしい。念のためってこと。

一度目は、入院患者に面会できるようになるまでも随分時間がかかった。理由はもちろんお父様の死によって、どの程度危険な病なのかの判断が難しくなったことにあったのだけど。

これは……お父様の死は回避できたと思って良いの……？

あまりにもあっけない展開にどうにも現実味が湧かない。

それでも。

――お父様が、死なずに済んだ……。

――でも、本当に？　もう何も問題ない？

ここ最近ずっと張りつめていた不安な気持ちと今のぐちゃぐちゃな感情が全部ごちゃまぜになって、まるで糸が切れたみたいに力が抜ける。

次いで、涙が溢れて止まらなくなった。

「ルーシー嬢？」

「ご、ごめんなさい、ははは……大したことないってわかったら、なんだか……」

「大丈夫ですよ……怖かったですね。もう大丈夫、公爵様は大丈夫ですよ」

だらんと力の抜けた私の手をそっと握ってアルフレッド様がすごく優しくそう繰り返すもんだから、うっかり子供みたいにわあわあと泣いてしまった。落ち着いてからすごく恥ずかしくなった。

……もう、全部アルフレッド様のせいだわ！

そう言って八つ当たりすると、彼はとろりと嬉しそうに笑って「それは光栄です」と言った。

もう！　なんなのよ？


「お父様！」

「ルーシー！　来てくれたんだね！　会いたかったよ！」

お父様との面会が許されたのはそれからさらに二日経ってのこと。

他にも同じ施設に入院している患者に面会に来ている人たちがたくさんいるようだ。

「いや～びっくりしたよ⁉　ちょっと熱っぽいな～と思ったらうっかり倒れちゃって？　あれよあれよとここに入院だ！　ルリナが来てくれるまでほんっとに寂しかった！　熱もすぐに下がって全然元気なのに帰してもらえないし……あれ？　アルフレッド君、君も来たの？　なんで？」

「ちょっと公爵様！　私も心配したんですよ！」

「ええ～？　ありがとう？　ところでちょっとルーシーとの距離が近くない？」

お父様が予想以上にめちゃくちゃ元気で思わず固まってしまった。

ちなみにまだ薬は飲んでいないらしい。

――え⁉　まだ薬は飲んでいない⁉　それでこんなにも元気なの⁉　嘘でしょ⁉

「ところで、ここのご飯すごく味が薄いんだよ……早く家に帰りたい」

お父様はそう言って少し不貞腐れたような顔を作ってみせて、お母様はそんなお父様の側で「あらあら」と笑っている。

アルフレッド様は入院のストレスをぶつけられるようにちょっかいをかけられていて、あまりにも平和なその光景になんだか拍子抜けだ。


それからさらに二日後、お父様は何の問題もなく屋敷に戻ってきた。少しだけ心配していたけれど、その後も容態が悪くなるなんてこともなかった。

それどころか、あまりにも軽症だからもう問題ない、ということで信じられないことに薬を飲むこともなかった。嘘でしょ？　蓋を開けてみれば、お父様は誰よりも軽症だったのだ。

もちろん、他にも死者はいない。薬の完成が早かったことで重症化した患者もいなかった。

殿下は約束通り、ハイサ病と思われる患者が現れるとすぐに王宮医師を誘導し、原因をその日のうちに特定させることに成功した。そのまま王家の命令としてすぐに薬を開発。

殿下は、本当にあの約束を守ってくれたんだ……。もちろん、私やお父様のためだけではない。

だけど、正直難しいと思っていた。私と同じように殿下もハイサ病についてしっかり覚えているとはいえ、記憶のある私達以外からすればそれはやっぱり初めて確認された未知の病。急に思いつきのようにギュリ草の名前を出したって不審がられるだろう。

後から聞くと、少しずつギュリ草そのものの有用性を話題に出すことで、以前より研究を進めていたらしい。おまけにそのことを足掛かりに王宮でもギュリ草の栽培を行っていたのだとか。

一度目、ついぞ信頼関係を築けなかった私達。間違いなく一度目の殿下は私にとって最低最悪な婚約者で、時戻りのきっかけだってあり得ないものだった。王妃様の言葉を真に受けて、私自身を見ようともしないで、勝手に嫌って蔑ろにして！　義務ばかり課されて、友達もできないで、最終的に全部踏みにじられて裏切られた。今思い出しても腹が立つことばっかり！

だけど、今回は違う。殿下は、ここまでしてくれていた……。

最終的に誰よりも早く薬を開発したのは一度目と同じくユギース子爵だった。こんなにも早かったのは、どうやら元々マリエ様が作っていたギュリ草を使った薬をベースに開発を行ったからしい。マリエ様も、あの後本当に薬を作ってくれていた……。

私が届けたギュリ草も役立ててくれたらしく、その後マリエ様やユギース家からはお礼の品が届いた。心から感謝しているのは私の方だ。

お父様がこんなにも軽症だったのは、日ごろの健康づくりの賜物《たまもの》ではないかと医師に褒められていた。

終わってみれば、「こんな対策で」と思っていたその全てが少しずつ実を結んでいた。

それでも――。

「さすがに、おかしいような気がするわ……」

お父様が助かったのはもちろん嬉しいけれど、あまりにもあっけなさすぎる結末である。一度目の悲しみは何だったのかとすら思ってしまうわ？

「ルーシー！」

屋敷に帰ってきたお父様が笑顔で私を呼ぶ。

……まあ、いっか！　今はお父様が変わらず笑顔で生きていてくれることだけで十分だわ！

「にゃあん……」

「ミミリン！　お前も僕に会えなくて寂しかったか⁉　ごめんなあ～よしよしよしよし！」

こうしてお父様の死は回避され、ハイサ病の初めての流行は過ぎた。

おかしいと感じた小さな違和感の正体が突然わかるのは、随分先の話――……。

余談であるが。

それからしばらく、お父様は念のため体を安静にする生活をした。

たくさん食べ、よく眠り、体を休める。

さすがに病み上がりだからとアルフレッド様との運動も休み。

その結果……ものすごく太ることになる。

「ルーシー！　アルフレッド君がものすごくスパルタだよ～‼‼」

「お父様！　頑張って！」

「ルーシィいいいぃ……！」

半べそのお父様には申し訳ないけど、実はアルフレッド様に徹底的にやってほしいとお願いしたのは私だ！　だって、あまりにもお父様が太っちゃったから！

病《や》み上《あ》がりの行動の全てが少しずつお父様の実になってしまったのだけど、無事元気になった！

おめでとう！　とばかりに料理人が喜んで豪華な食事を連日出しすぎたのが一番の原因……！

「ほら！　お義父様！　ルーシー嬢もああ言っていますから頑張りましょう！」

「お義父様って呼ぶなあああぁ！」

今日も平和で何よりだ！

その日、私は朝から王城に来ていた。

うーん、久しぶりだわ！　あの運命のお茶会以来！　実はあれから王妃様からは時々手紙が届いていたのよね。

王妃様は私と殿下の婚約があんな形でなくなったことも、あの日のお茶会が強制終了になった後、ろくにお話もできずにそれきりになったことも気にしていた。

正直私は全然気にしていないし良かったんだけどね？

ハイサ病が落ち着き、婚約解消してから随分時間が経ったことで「そろそろ私が王城へ出入りしてもあまり面白おかしく噂を立てられることもないだろう」と判断されたようだ。

「ルーシー！　ごきげんよう、随分久しぶりですね」

「王妃様、本日はお招きいただきありがとうございます」

満面の笑みで迎えてくれた王妃様に最上の礼で応える。

「顔を上げてちょうだい！　ああ、会いたかったわあ。ほら、こっちへ来て座って！　あなたが来ると言ったらうちのパティシエがたくさんお菓子を準備してくれたのよ。……あなたうちのパティシエと友達なの？」

そう言って通された先にはキラキラとした楽園が広がっていた。
バ、バルナザールさあああん！
感激で気絶するかと思ったわ！　先日お茶会を開いた庭園の一角に用意されたテーブルには、これでもかと言わんばかりに私が好きだ、美味しい、これをちょうだいと漏らしたことのあるお菓子の数々がっ！

完璧《かんぺき》だわ……！　帰りに絶対会いに行こう……！


そうして王妃様と二人のお茶会が始まった。妃教育を受けていた頃は作法の勉強なども兼ねて時々こうしてお茶していた。なんだか懐かしい。

「ずっとこうしてあなたともう一度お茶したいと思っていたのよ。突然婚約解消になってしまってそれきりだったでしょう？　……あんなことになってしまって本当に申し訳なかったわ」

「いいえ、私は本当に気にしていません。殿下からもかねてより相談を受けていたことでしたし」

王妃様はハアとため息をつく。

「普通はそれこそありえないでしょう？　婚約者に好きな女性と一緒になりたいと相談するなんて……」

ぶつぶつと殿下の文句を言っている王妃様。

本当は、結婚式前夜に愛する人を紹介されて結婚できないって言われただなんて、もっとありえない事態を経てのあのお茶会だったんですけどね！

絶対にバレることはないけれど、万が一王妃様が事実を知ったら卒倒《そっとう》するに違いない。

「あの、ミリアさんはどうされていますか？　妃教育はすでに始めているんですよね？」

「ああ、そう、そうなのよ……あの子も頑張ってはいるのだけれど……」

王妃様の目がどこか遠くを見つめる。おや？　雲行きが怪しいぞ？

「彼女、男爵家のご令嬢でしょう？　あなたとは下地の教養が違うのは当たり前だから、厳しくなってしまうだろうとは思っていたのだけど……」

「もしかして、あまり上手く行っていないのですか？」

「そうね、そういうことになってしまうわね。彼女、教育のために厳しく指導されることに対して、自分が受け入れられずに虐《しいた》げられているのだと感じてしまっているみたいなの」

「えっ？」

「もちろん、誓ってそんなことはないのよ？　あなたに言うことではないけれど、ジャックが自分で望んだ令嬢だからどうにか正式な婚約者として隣に立たせてあげられるようにと皆考えてくれているし」

でもねえ、と王妃様は困ったようにゆるく首を傾げる。

「妃教育は公爵家のあなたでも少し厳しく感じるものだったでしょう？　どうしてもいじめられているのだと感じるようで」

どうやら、彼女の教育の進まなさを鑑みてデビュタントまでにお披露目が間に合わなくてもいいと、詰め込みすぎないようにスケジュールをその都度《つど》立て直しているらしい。それでも求められる水準自体が高い妃教育。

どんなに教師陣が気を配ってなるべく易《やさ》しく、わかりやすくと心がけても彼女自身が全てをいじめと捉えてしまうのだとか……。

ねえ、ちょっと待って？

「あの、殿下はなんと？」

「ジャックもどうにかフォローしようとはしているみたいだけど、あまり効果はないみたい」

待って？　本当に待って？

ミリアさん、あなた何してるのよ……？

妃教育が男爵家出身の自分にとって厳しいものになるって想像できなかった？　というか、いじめだなんて、教育をしてくださる教師の皆様に対して失礼だわ……！

仮に本当に虐げられているとして、経緯が経緯なのだからそれでも食らいつくくらいの気概《きがい》はないの⁉　そのくらいの覚悟で一緒に時を戻り、殿下の婚約者になるべくあんな風に捨て身で声を上げたのだと思っていたけど？

「ごめんなさいね、こんな話ばかりで。さあ、たくさんお菓子を食べてちょうだいね！」

「はい……」

王妃様の笑顔が、なんだか少し疲れて見えた。

「ルーシー嬢！」

お茶会の時間が終わり、馬車を待たせてあるところまで向かっているときだった。

「殿下……」

どうやら私が王妃様と会っているとどこからか聞きつけてきたらしい、殿下がこちらへ走り寄ってきたのだ。

「間に合ってよかった！　……レイスター公爵のこと、本当に良かった」

ほっと安堵するように顔をほころばす殿下。私は深く頭を下げた。

「殿下、約束を守ってくださりありがとうございました。おかげで無事父は今も元気に過ごしておりますわ」

「……なあ、そのことなんだが、」


『あー！　お前！』


殿下の言葉を遮《さえぎ》るように、叫ぶような声が耳に飛び込んできた。

な、なに……!?

振り向くと、そこにはなんだか見覚えのある美少年……。

えっ!?

「リロイ殿下！　どうしてここに!?」

で、殿下ですって……⁉

その美少年はニヤリとジャック殿下を一瞥すると、こちらに向き直りニコニコとまくしたてた。

それは、隣国ミラフーリス王国の言葉。

『お前！　久しぶりだな！　平民じゃなさそうだなとは思っていたけど、城にいるってことはまさかコイツの婚約者なのか⁉』

『い、いいえ、婚約者ではありませんわ』

『そうなのか？　ならなおさら都合がいいや！』

『都合がいい……？』

美少年……アルフレッド様と出かけたときに私が助けたあの隣国の迷子の少年。彼は満面の笑みで、カタコトの我が国の言葉で言った。

「ジャック殿下！　ジブンの通訳は、この人にしてクレ‼」

は⁉　通訳⁉

ていうか、あなたミラフーリスの王族だったの⁉


ルーシーが王妃様に招待され王城へ上がっている頃。

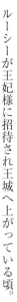

実は、この日はレイスター家にとって特別な一日……。


「ルーシーが帰ってくるまでに全てを終わらせるのよ！　急いで！」

「ルリナ、これはどうする？」

「それはあっち」


「母さん、アルフレッド様きた！」

「まあ、いらっしゃいアルフレッド君。今日は来てくれてありがとう」

「いえ！　呼んでいただき恐悦至極《きょうえつしごく》に存じます！！！」

「アルフレッド君、いいから早く手伝ってくれない？」

「はい！　お義父様！」

「次お義父様って呼んだら叩き出すから」

「ごめんなさいもう言いません」

「お前三回目だからな？」


「奥様、今届きました」

「ありがとうユリア、それはこちらに」

「姉さん何時に帰ってくるかなあ？」

「昼には帰ると言っていたけれど、どうだろうね？」

「ああ、今日もルーシー嬢に早く会いたい！」

「アルフレッド君は一番後ろにいてね」

「そんな……！」

「モルド！　ルーシーが帰ったらすぐに知らせてくれるかしら？」

「お任せください奥様」

「さて……これで全てオッケーね。ふふふ、ルーシー、驚くかしら？」


バルナザールさんからお土産《みやげ》にと持たされたたくさんの焼き菓子と共に屋敷に帰ると、どうも何かがおかしい。

何……？　違和感がすごいけど何がおかしいのかわからない。

屋敷の中に入る前に思わず足が止まる。

「ルーシーお嬢様？　どうなされましたか？」

「いいえ……ねえモルド、今日って誰か来ているの？」

「いいえ、誰もいらしていませんが……」

「そう」

しかし、違和感の正体はすぐに判明する。


扉を開けると、目の前にたくさんのキラキラした光景が飛び込んできた！

「ルーシー！　私達の可愛いお姫様！　十四歳の誕生日おめでとう！」

そう言いながらお母様が私の手を引き中に誘導する。

「え……」

部屋の中はこれでもかと飾り付けられ、豪勢な料理がたくさん並べられて、私の大好きなお菓子もたくさん用意されている。

「え……え……」

おまけにマドレーヌは少し小ぶりなサイズの色とりどりの物がまるでカラフルなクリスマスのツリーのように積まれている。

ゆ、夢のような光景だわ……！

呆然と皆を見回す。

お父様、お母様、マーカス、ユリアやモルドを中心に集まってくれている使用人の皆。

そして……。

「え？　アルフレッド様？　どうしてそんなに隅の方に……？」

使用人たちの後ろの方に、まるで隠されるように潜んでいるアルフレッド様。え、何してるの？　サプライズなの？

「気にしないでルーシー嬢、あの、誕生日おめ」

「姉さん！　誕生日おめでとう！」

「おめでとうルーシー！」

「ほら、こっちこっち！　ねえ、びっくりした？」

「にゃあーん！　みゃあおん！」

必死で前に歩み出ようとするアルフレッド様と、それを遮るように満面の笑みでお祝いしてくれる我が家族。

「ふ、ふふふ！　あはは！　びっくりしたわ！　本当にびっくりした！　嬉しい……！」

そっか、私、今日誕生日だったんだ……！

一度目の十四歳の誕生日は、お父様が亡くなってすぐでそれどころじゃなかった。最近はそれこそお父様が心配で心配で、すっかり忘れてたわ！

みんな……こんなに準備してくれて……。

本当に、時戻りしてよかった。戻るときは怒りと屈辱でいっぱいでたまらなかったけど、やっぱり殿下に感謝ね！　そしてミリアさん！　二人が恋に落ちて結婚を望まなければ、こんなに幸せな現実はおとずれなかったのだ。


それから、皆にプレゼントをもらい、お祝いの言葉をたくさんかけられ、美味しい料理とお菓子をお腹《なか》いっぱいになるまで楽しんだ。

「ルーシー嬢、改めて十四歳の誕生日おめでとうございます。こんな日に一緒に祝わせてもらえるなんて私はすごく幸せ者だ」

「ふふふ、幸せ者は私ですわ。一緒に祝ってくださってありがとうございます」

「ルーシー嬢……うっ」

なぜだか胸を押さえて苦しそうな顔になるアルフレッド様。その様子にピンとくる。

「ひょっとして食べすぎました？　今日はアルフレッド様の好きなクッキーや他のお菓子もたくさんありましたものね」

言っていたらまたマドレーヌが食べたくなってきた。お腹いっぱい食べたと思ったけど甘い物は底なしに入るわね！

呑気《のんき》にどのマドレーヌを食べようか考えていると、アルフレッド様が急にガバリと詰め寄ってきた。

「あ！　アルフレッド君！　ちょっと近づきすぎじゃないの⁉」

お父様の目ざといお小言もなんのその！　そのまま私の手を握る。

「ルーシー嬢、来週あたりまたデ、デ、デートに行きませんか⁉」

まあ、顔まで真っ赤よ！　デートって言うのがそんなに恥ずかしいなんてちょっと可愛い！

だけど……。

「ごめんなさい」

「えっ！！！」

私の手を握る力が一気に抜けた。

「わ～アルフレッド様、姉さんに振られたね！　御愁傷様《ごしゅうしょうさま》！」

「ルーシーよく言った！」

「公爵様……応援してくれるって言ってたのに……！」

「それとこれとは別。やっぱりちょっと面白くないんだもん」

「そんなあ！」

「あらあら。あなた、あまり意地悪しすぎちゃだめよ？」

ちょっと待って！　私抜きで盛り上がらないで！

……ていうか応援って何かしら？　まあそんなことは置いておいて。

「あの、違うんです。来週はちょっと。実は今日王城で……」

「は⁉　隣国の王子の通訳⁉　なんでそんなことに……⁉」

初めて聞くアルフレッド様の大きな声に思わずびっくりして飛びあがってしまった。

そんな私の様子に、マーカスがアルフレッド様を睨みつける。

「姉さんを驚かすのはやめてください！」

「！　ル、ルーシー嬢、申し訳ありません！　思わず……」

ねえ、最近思ってるんだけど、うちの家族アルフレッド様に遠慮がなさすぎじゃない？

それからマーカス、我が家の方が爵位が上とはいえアルフレッド様の方が年上なんだからもう少し敬《うやま》って！

「にゃあん。ごろごろごろ……」


「ルーシー、ミラフーリスの言葉をもう話せたんだな」

お父様が驚く。そうよね。本当は今の時期に話せるわけがないもの。これは一度目のときの教育の賜物。

ミラフーリス王国は隣国とはいえグライト王国とは言葉が大きく異なる。グライト王国の人間にはミラフーリスの言葉は難しいのだ。

『だからミラフーリス語ができる人間がほとんどいなくてさ。俺もまだグライトの言葉は少ししかわかんねえし。だからって数人しかいないミラフーリス語ができる大人をずっと俺につけてもらうわけにはいかないだろ？　それに年が近い方が楽しい』

そして押し切られてしまったのだ。

「リロイ殿下は来週三日間、ジャック殿下と一緒に街を視察したいとのことで、そのときに同行するよう頼まれました。あと最終日のパーティーにも」

「殿下が直接通訳を担《にな》うのでは駄目なのですか……？」

アルフレッド様がとても悲しそうな顔で言う。

それができれば一番良かったんだけどねえ。

「残念ながら、殿下はミラフーリスの言葉は話せません」

人には向き不向きがある。殿下はミラフーリスの言葉と相性が悪いらしく、とても苦手としていた。最終的には将来、妃としていつも私が側でサポートすれば最悪問題ないだろうと他の勉学を優先させることに決まった。

そうしてそのうち習得していければというところで時戻りだ。

殿下の学ぶべきことは多い。そのときはそれでベストだと思ったけれど、それはまさか私が妃にならない未来があるなんて考えなかったから。

……ミリアさん、ミラフーリス語を話せるようになるのかしら？

昼間、王妃様から聞いた話に思いを馳《は》せる。

上手くいかない妃教育。指導の厳しさをいじめと捉えてしまっている現状。

……今日はそれどころじゃなかったけれど、次に会ったときにはしっかりと殿下に釘を刺しておこう。

ミリアさんを支え、正しい道に導けるのはもはや殿下だけなのだ。

「そんな、リロイ殿下の通訳をする間、ジャック殿下とも一緒なのでは？」

「ずっとではありませんが、ほとんどの時間はそうなるでしょうねえ」

アルフレッド様は真っ青になってしまった。

きっと、ミリアさんの心を奪われてしまったトラウマで、殿下のことが苦手なんだわ。無理もないわよね。かわいそうに、こんなに傷ついてしまって……。

「大丈夫！　私、少し楽しみなんです！　立派に通訳としての役目を果たしてみせますわ！」

元気づけるようににっこり笑って励ます。

殿下の前で彼の苦手なミラフーリス語をぺらぺら披露して、間接的に勝ってみせます！「ふふふ、あなたはこんなに喋れないでしょう、情けないわね！」ってね！

アルフレッド様、どうぞ期待していて！

心の中でミニチュア版の殿下をボコボコにしながら闘志を燃やしたのだった！

閑話　アルフレッド、焦る

アルフレッドは猛烈《もうれつ》に焦っていた。

（隣国王子の通訳？　なんてことだ……！）

正直今すぐにでも叫びたい気分である。心の中では話を聞いた瞬間から絶叫だ。

（だいたい、街で偶然出会った迷子の美少年が実は隣国の王子だなんてそんな物語みたいなことあるか？　通訳っていうことは、常に側にいるってことだ……パーティーの時なんてひょっとして……耳元で教えたりするんだ……「それはこういう意味ですよ」ってこっそりと）

もはや錯乱《さくらん》寸前だ。

（俺だってまだ耳元で囁いてもらったことないのにいいいぃ！！！）

否、すでにちょっと錯乱している。

もはやルーシーに他の男が近づくことがどうにも受け入れがたいアルフレッド。

しかし、それを自分が邪魔することはさすがに許されない。

例のお茶会のとき、「天使とのひと時を一生の思い出にしよう」なんて思っていた謙虚《けんきょ》なアルフレッドはもういない。ここにいるのはすっかりルーシーに骨抜きにされた、欲望に忠実な恋する脳筋だ。

それに、まだ婚約者候補であって婚約者ではない。その事実はアルフレッドの焦りをより大きくした。

おまけに通訳中はかなりの時間ジャック殿下とも一緒にいることになるらしい。

（ルーシー嬢……きっとまだ完全には吹っ切れていないのではないだろうか？　それなのに殿下と長い時間一緒にいるなんて……）

相変わらず勘違い継続中のアルフレッドは気づかない。ルーシーはそんなことは全く気にしていないことに。

（おまけに長時間殿下と一緒なんて、あの男爵令嬢がどう思うか……）

ルーシーが気にするかもしれないと思い言ったことはないが、実はアルフレッドはミリアのことを全く知らないわけではなかった。よく知っているわけでもないが、なんとなく嫌な予感がするくらいには苦手意識を持っている。

家族と笑顔で話すルーシーを見つめる。

（ああ、俺の天使、やっぱりあなたが心配です！）

そして、アルフレッドは小さく決意した。

夜、バルフォア侯爵邸。

「父上、お願いがあります」

アルフレッドは父の執務室を訪ねた。

父・バルフォア侯爵はものすごく嫌そうにアルフレッドを半目で見つめる。

「嫌だ！　なんだかものすごく嫌な予感がする」

「まあまあ、そう言わずに」

「どうせルーシー嬢絡みのことだろう？」

「！　どうしてそれを……」

ポっと頬を染めるアルフレッド。

「お前はルーシー嬢に関係ないことには相変わらず冷めているじゃないか……それで？　一応聞こうか。お願いとはなんだ？」

父の気が変わらないうちに！　と勢いよく頭を下げるアルフレッド！

「はい！　王立騎士団副団長の技術を総動員して……俺に尾行《びこう》のやり方を教えてください！」

「……はあ？」

――アルフレッドはガッツのある男だ！

第四章　嵐のような隣国王子

私は約束通りリロイ殿下について通訳をしていた。

昨日と今日は王都からあまり離れていない距離にある近隣の領地を訪問している。

視察と聞いていたけれど、いざ始まってみればほとんどの時間が観光だ。

リロイ殿下はミラフーリスの第五王子殿下で、将来直接的に政治に携《たずさ》わる可能性は今のところほとんどない。今回も外交官について自主的にやってきたのだとか。自由の身だからこそ自分の将来のあらゆる可能性を見出すため、見聞を広めるためにこうしてできる限りいろんな国を訪問しているのだと言っていた。

とはいえ本当に、領地を視察として真面目に見て回るのは最初だけ。後の時間は私とジャック殿下をリロイ殿下が自由に連れまわす時間になっているような……。

ただし、そうして民の普通の暮らしを見るのが一番興味深く、今の自分にとっては何よりも勉強になるのだと笑っていた。

『なあ！　あれってなんだ？　ミラフーリスでは見たことない！』

『あれは飴細工《あめざいく》ですね。この領地はとても繊細な飴細工が人気で、名物になっているんですよ』

『飴⁉　あれって食いもんなの⁉』

『ふふ、召し上がりますか？』

終始《しゅうし》こんな勢いで、全ての物をキラキラした目で見つめるリロイ殿下。私やジャック殿下と同い年らしいけれど、まるでマーカスを相手にしているみたいだ。

まあ、隣国の王子を捕まえて弟みたいだなんて、不敬もいいところだから絶対に言えないけど。

「なあ、通訳だろう？　私も会話に入れてくれ……」

リロイ殿下が大喜びで飴細工を選んでいると、ジャック殿下がそっと近寄ってきた。

「あら、領民と話すときや必要な場合はきちんと通訳してますわ？　殿下は少しわからないくらいが今後のためにもミラフーリス語の勉強になっていいかと思うのですけど」

「……なんだか今日は私に冷たくないか？」

ツンと顎を上げて答えると、途端に情けない声を出す殿下。それはそうでしょうよ……！

「私、ちょっと怒っているのよ」

「え？」

「殿下、ミリアさんのフォローはできているの？」

殿下は途端に押し黙った。私の言いたいことがわかったのだ。

本当に情けない！　私は怒っているのだ！

ミリアさんの覚悟が足りなかったことも問題だとは思うけれど、結局そこは王族であり、今の事態も多少は想像できたであろう殿下が先にフォローすべきだったんじゃないの？　ミリアさんが現状をいじめだと悲観してしまう前に何かできたことがあったんじゃない？　そう思うのだ。

「……どうしたらいいと思う？」

「は？」

「だから、ミリアのこと。私はどうしたら――」

『なあ！　俺これがいい！　ルーシーこっちに来てくれ!!』

私はさっさとリロイ殿下の側に行き彼と店員のやり取りを通訳する。

とはいえリロイ殿下はカタコトのグライト王国語でなるべく会話しようとしていて、誤った表現やなかなか伝わらないときに私が手助けをするくらい。

さすがに最終日のパーティーではしっかりした通訳が必要になるかもしれないけれど、領民たちはカタコトでの言葉でも笑顔で楽しく会話してくれる。

ジャック殿下は情けない。リロイ殿下がこんな風に楽しみながら学ぼうとしている姿を見習ってほしい。

ミリアさんを支えるためにどうしたらいいか、なんて、ちょっとは自分で考えなさいよ！　あなたの愛する人でしょうが！

もちろん言えないので、心の中でぶん殴っておいた。

『なあ、ジャック殿下には婚約者がいるんだろう？』

「……？」

「殿下、婚約者がいるでしょうと聞かれています」

「あー、まだ婚約者候補なんだ。……候補ってどう言うんだったか」

『……まだ正式な婚約ではないのです。婚約者候補の方ですわね』

『ふーん』

馬車の中でそんな他愛のない話をしながら王宮へ戻る。

いちいち私が間に入るせいで、あまり会話が弾まないのだ。さすがに私とばかり話すのも気が引けるのか、リロイ殿下の口数も減っていった。

殿下の目の前でぺらぺらミラフーリス語を話して勝ってみせる！　なーんて思っていたものの、いざとなるとやっぱり気まずい。ジャック殿下、思っていた以上にミラフーリス語が話せないみたいだわ……⁉

一度目にあまりにも交流が少なかったせいで、正確にはジャック殿下の勉強の進み具合を把握《はあく》していなかった。確か学園の成績はいつも三位以内には入っていたから、本当にミラフーリス語だけがすごく苦手なんだと思うけれど。

ただし、ミリアさんの教育があまり進まない以上、全てにおいてジャック殿下が彼女を支えられるように備えておかなければならない。

──なんて、ミリアさんのことばかり考えていたからだろうか。

王宮の廊下を三人で歩いていると、どこからか姿を現したミリアさんが突然ジャック殿下に飛びつくように抱き着いた！

「──ジャック様っ！」

おいおい……⁉

「ミリア⁉　どうしてここに？　今は妃教育の時間じゃあ……？」

「だって！　ジャック様がルーシー様と一緒に出かけたって聞いてっ！　私、居ても立ってもいられなくて……！」

うるうるとした上目遣いでじっと殿下を見つめるミリアさん。時々チラチラと私のことを見るのも忘れない。

あ、相変わらずあざと可愛いわね……！　じゃ、なくって！！！

「いや、ルーシーと出かけたというわけじゃ……彼女は通訳で……そう、隣国のリロイ殿下がいらっしゃるんだ。一度離れて。彼に失礼だよ」

そう、仮にも隣国の王族の前！　リロイ殿下自身がかなり砕《くだ》けた人であるとはいえ、あまりに非常識な態度はさすがに許されないわよ……！　ああだめ、頭が痛くなってきた。

一応ミリアさんは殿下の言うことを聞き、そっと体を離した。

それでも少し不満そうな顔でジャック殿下の陰から私やリロイ殿下の方を窺うようにチラチラと見ている。

ていうか、そもそも殿下、さっきなんて言った？　『今は妃教育の時間じゃあ』？　まさか、妃教育をほっぽり出して殿下を探していたの……？

これは……あまりにも……。

『なあルーシー、これ誰だ？』

はっと我に返る。いけない。

私は慌ててリロイ殿下に頭を下げた。

『殿下、大変失礼いたしました。ご無礼をお許しくださいませ。彼女はブルーミス男爵家のミリアと申します。……ジャック殿下の婚約者候補の令嬢ですわ』

『へえ！　この令嬢が！　ジャック殿下は変わった趣味してんだなあ』

……私は何も答えられない。

え？　どうしたらいいの？　これってなんて返すのが正解なの？

リロイ殿下の言葉には裏がない。思ったことをストレートに口に出している。だからこそ、悪意なく返答に困ることを言われたときに対応に迷う。これってたぶん、あまりいい意味で言っていないわよね？　嫌味にはいくらでも皮肉で返せるけれど、こういう場合が一番悩ましい……！

私が答えあぐねていると、リロイ殿下は急にパッと明るい笑顔を浮かべた。

『そうだ！　明日は王都の美味しい菓子が食える店に遊びに行きたいって言っただろう？　この前俺が迷子になって失敗したからって。この令嬢も一緒に連れていこう！』

『えっ⁉　ええと……』

『なあ、いいだろ？　うーんと、』

「明日、キミも一緒に行かないカ？」

リロイ殿下が途中からカタコトのグライト王国語でミリアさんに話しかける。

その言葉を聞いたミリアさんはものすごく嬉しそうに笑った。

「いいんですかっ⁉　ぜひ一緒に行きたいです！」


ガタン！


その瞬間、どこからか大きな音が聞こえた。しかし私はそれどころではない。

『なっ？　ルーシー。決まりだ！』

リロイ殿下は完全に悪意ゼロの満面の笑み。

だけど、これは……まずい。まずい気がする……！

チラっと様子を窺ったジャック殿下も、少し顔を引きつらせていた。

リロイ殿下、ジャック殿下、ミリアさんと四人でカフェへ歩いて向かう。

どうしても嫌な予感がしてしょうがないこのイベントが始まってしまった――。

初《しょ》っ端《ぱな》から予想以上の勢いで、ミリアさんはフルパワーエネルギー全開でぶっ飛ばしていた。

「ジャック様ぁ、楽しみですねっ！　前回カフェに二人で出かけた時以来のデートで感激です！」

「ミリア……今日は四人で出かけているんだ。デートじゃないだろう？」

完全に、私とリロイ殿下の存在はないものとしているわね？

これにはジャック殿下も苦笑いで顔を引きつらせている。何度か注意しているものの、聞こえているのかいないのか。まさかリロイ殿下の目の前で強い口調で叱《しか》りつけるわけにもいかず、妙な空気だ。お忍びの体をとっているため、傍から見てあまり違和感がないのだけが救い……。

最初、ミリアさんはリロイ殿下に対してもにこやかに話しかけていた。

「リロイ殿下は隣国の王子様なんですよねっ？　ミラフーリスってグライト王国より大きな国なんでしょう？　行ってみたいなあ～！」

甘い声と上目遣いでリロイ殿下に近寄るミリアさん。

しかし、

『なあ、喋り方に癖《くせ》があって全然聞き取れねえんだけど、こいつ田舎《いなか》出身でなまってんの？』

リロイ殿下は怪訝《けげん》な顔で私に問いかけてくる。

そう、グライト王国語にまだまだ不慣れなリロイ殿下にとって、ミリアさんの甘えたような喋り方が絶妙に『喋り方の癖』としか聞こえないらしく。リロイ殿下は『ごめんなあ、なまりとか馬鹿にするつもりはねえんだけど、俺の勉強不足で……』と心底申し訳なさそうな顔をしていて……！

私はリロイ殿下に対しても、ジャック殿下やミリアさんに対してもどう伝えるのが正解なのか⁉と頭を悩ませる事態に陥った。

だって、さすがにそのままは伝えられないでしょう⁉「ミリアさんの喋り方の癖がなまりに聞こえるみたいで……」なんて、私には無理だわ！

さらにそんな私の言い淀《よど》む姿にミリアさんはどうもまた「彼女を除《の》け者にしようと、私が意地悪をしている」と勘違いしたようで……。

「リロイ殿下！　殿下はどんなお菓子が好きなのですか？」

「あー、ゴメン、すこしムズかしくてわからナイ」

「うふふっ！　選べないほど甘い物がお好きなんですね？」

「うーン……？」

「大丈夫です！　もしもメニューが読めなければ私が！　読んで差し上げますからねっ！」

「……？」

「もしかして、照れてますかぁ？　遠慮しなくていいのにっ！　ふふ！」

私抜きで会話しようとした結果こうなった。カタコトでなんとか言葉を紡《つむ》ごうとするリロイ殿下と、超解釈でどんどん会話を進めるミリアさん。

じ、地獄のような会話……！　リロイ殿下、何も言わなくなっちゃったし！

ミリアさんは何度か「緊張してるんですか？」「そんなに黙り込まなくても、カタコトでもちゃんと話せてますよ？」などと見当違いのことを言ったのち、自分と会話する気がないのでは？　と勘違いしてしまったようで最終的に今に至る。

いや待って？　そこでどうしてその決断なの……あくまでも私には頼りたくないってことなのね？

妃教育でいじめられていると勘違いしているミリアさん。ひょっとしてその流れで元々妃教育を受けていた私と比べられているとでも感じているのかもしれない。そんなことはないはずだけれど、疑心暗鬼《ぎしんあんき》になっている今、全てをマイナスに捉えてしまっていてもおかしくはない。

そう考えると必要以上に私を意識しているのも納得できる。

『リロイ殿下、すみません。さすがに止めようとは思ったのですが、それでも割って入って良いものか迷ってしまい……』

『いや、俺こそわりいなあ。あの勢いでルーシーが止めに入ったら話すな！　って言ってるみたいだろ？　それはいいんだけどさ、あんなに話しかけてくれてるのに、つい匙《さじ》投げて無視するような態度とっちまった！　気にしてないかな？』

ははは！　と笑ってミリアさんを気遣う殿下。リロイ殿下……心広すぎない？


なんとかカフェに着いた。

四角いテーブルに殿下とミリアさんが隣どうしに、殿下の向かいにリロイ殿下、そしてその隣に私という順で座る。

注文したお菓子が運ばれてきた後はそれぞれ和やかな雰囲気《ふんいき》でお菓子を食べながらお話ししていたのだけど……。

ジャック殿下とリロイ殿下がお互いにカタコトのミラフーリス語やグライト王国語を交えて話し、私が時々通訳や解説をする。

しかし、そうするとどうしてもミリアさんがあまり会話に入れない。私も二人の会話を手助けしているだけであまり会話に参加しているというわけではないのだけど、ミリアさんにはそうは見えない。

すごく。ものすごく、ミリアさんの視線を感じる。どうしよう……！

おまけに、そんなことよりも気になることがある。

カチャッカチャ……。

注意したい。というか本来は注意すべきこと。しかし絶対に私が注意すると角《かど》が立つ……！　どうする？　どうするのが正解なの……？　もういっそ心を無にして気づかないふりをするべき……？？？

そんな私の逃げは虚しくも無駄に終わることになる。

カチャッカチャ……。

カチャッ……。

「――ミリア、もう少し音を立てないように気をつけてごらん？」

ジャック殿下がついにミリアさんを注意した。

私達が頂いていたのはショートケーキだったのだけれど、ミリアさんの持つフォークが度々ケーキの載った皿にぶつかり音を立てていたのだ。

ジャック殿下や私はもちろん、リロイ殿下も荒く粗雑なのは口調だけで所作《しょさ》は驚くほど美しい。

（さすが王族）

そんな中でミリアさんのマナーの拙《つたな》さはすごく目立っていた。

ジャック殿下はとても優しく、穏やかな口調で注意したのだけど。

指摘された瞬間、ミリアさんはサッと一瞬で顔を赤く染め、――なぜか私を睨みつけた。

なんで⁉

「もういい！　さっきからルーシー様は私を除け者にしてばっかり！　確かに私はまだまだマナー

の勉強が足りてないかもしれないけどっ！　でもっ、頑張ってるのに！　ジャック様もルーシー様を怒ってくれるかと思ってたのに見て見ぬふりだし！　おまけに私のマナーが悪いせいだって言うの⁉　……ひどいっ！」

捲《まく》し立てると、彼女は勢いよく立ち上がり（椅子《いす》がガタっと悲しい音を立てた）、風のような速さで店から飛び出していった。

や、やっぱり私が意地悪していると思われていた……！

それどころじゃない事態がたくさん起こったわけだけど、やはり私も未熟者。頭の中では「ひどい誤解だわ！　これも全部ジャック殿下が甲斐性《かいしょう》ナシのせい！」と現実逃避のように考えていた。

「ええ……？」

呆然と彼女が出ていった扉を見つめるジャック殿下の口から困惑した声が洩《も》れる。

『なあ、全然状況わかんねえんだけど。とりあえず追いかけた方がいいんじゃねえの？』

一人だけ平常運転のリロイ殿下が不思議そうにそう呟く。

王族を放っておいて……追いかけるの……？　それって正解……？？

今日一日どこにもありはしない正解を探すばかりで、もはや私の思考力はゼロである。

「……ジャック殿下。追いかけた方が良いかと」

「だが」

「リロイ殿下もそうおっしゃっています」

「……殿下、大変申し訳ございません」

「気にするナ！　ジブンはルーシーと二人でゆっくり帰ル」


ガタン！　ガタガタ!!


どこからか何かがぶつかる音が響いたが、ジャック殿下はそのままリロイ殿下に深く頭を下げた後、ミリアさんを追いかけて店を出ていった。

『リロイ殿下、本当に申し訳ございません……』

『いいって！　俺はマナーも無礼も気にしねえからさ。ほら、俺自身がこんなだろ？　王族ったって第五王子だし』

『ですが……』

『むしろごめんな。ジャック殿下の婚約者――まだ候補だっけ？　マナーが身についてなくて苦労してるって話は聞いてたんだ。でも殿下が俺に付き合って遊んでるようなもんなのに、一人だけずっと留守番は可哀想だって思ってさ』

『リロイ殿下』

驚いた。ミリアさんを誘ったのは単なる思いつきかと思っていたけれど、そうではなく、この人の優しさだったのだ。

『でも結果的にわりいことしちまったな。ジャック殿下にもあの婚約者候補……ミリアって言ったっけ？　あいつにも、――ルーシーにも』

リロイ殿下は申し訳なさそうに目を伏せ、膝の上に乗せた私の手をそっと握った。

ガタ！　ガタンッ！

――さっきから、何の音なの？

『ちょっと失礼しますね』

リロイ殿下に断りを入れ、席を立つ。

音のした方へ向かって歩いていくと……。

「――は？」

「……あはは、ルーシー嬢、こんにちは」

出入り口の近くのテーブル席に、体勢を崩したアルフレッド様がいた。

――は？　え、何？　どういうこと……？？？

私はなんだか猛烈にイライラしていた。

何にって？　アルフレッド様に対してに決まってる！

「信じられないわ……！」

アルフレッド様は……なんと私達をそっと尾行していたらしい。明らかに様子のおかしい彼を問い詰めまくったら吐いた。いつからか？　それはさすがに白状しなかった。

ただただずっと謝り続けるだけ。

「ミリアさんのことが好きだからって、尾行までする……⁉」

いや、別に尾行したっていいのだ。私には関係ないし。好きにすればいいと思う。

好きにすればいいと思う！


あの後……。

カフェで謝り続ける彼に向かって私は言った。

「……ミリアさんや殿下にバレなくてよかったじゃないですか。ちゃんと黙っていてあげますからどうぞご安心ください！」

「えっ……？」

ポカンと私を見る顔もなんだか腹立たしい。

う～！　どうしてこんなにモヤモヤするのかしら⁉

『リロイ殿下、帰りましょう』

『もういいのか？　知り合いなんじゃないのか？』

『いいんです。行きましょう？』

『ふーん……？』

「あっ！　ルーシー嬢……」

なんだかすごく悲しそうな声を出していたけれど、振り返らずにリロイ殿下と店を後にした。可哀想な振りして許してもらおうだなんてそうはいかないからね！　――というか、別に関係ないから怒ってもいないし！　ふん！


『おーい、ルーシー。大丈夫か？　疲れた？』

『！　申し訳ありません、リロイ殿下。大丈夫ですわ』

私としたことが、不覚！　今はリロイ殿下の通訳最終日、共にパーティーに参加している。

会話に訪れる人の波が途切れた合間に、思わず物思いにふけってしまっていた……！

自己嫌悪に陥っていると、リロイ殿下はへらりと笑って言った。

『ごめん、俺がちょっと疲れたみてえ。できればちょっと休みたいから、バルコニーの方に一緒に来てくれねえ？』

――たぶん、嘘だ。もしかしたら少しは本音も混じっているかもしれないけれど、私に休憩させようとしてくれている。

リロイ殿下……あなたはなんて優しい人なの？

あなたの心と大海原、どっちが広いか比べてみてもいいですか？

優しさが染み渡るように嬉しくて浸っていると、なぜかふとアルフレッド様のポカンとした顔が一瞬浮かんだ。イラッとする。

あー！　大海原を航海したい……！


『あーあ、ルーシーはあと少しで帰っちゃうんだな』

バルコニーに出て、夜風に当たりながらリロイ殿下と二人で並んで立つ。

私はまだデビュタントを迎えていないので、夜遅くまでパーティーに参加することはできないのだ。あと少しでタイムリミット。パーティーはまだ続くけれど、私は先に帰らなければならない。

『私が退席した後、殿下はどうなさるんですか？』

『俺ももう出るよ。ルーシーがいないと会話に困るし、つまんねえし』

『ふふ、少しでもお役に立てたなら光栄ですわ』

『役に立つどころじゃねえよ』

殿下は体を少しかがめ、バルコニーの柵《さく》にコテっと頭を乗せてこっちを見る。

『ルーシーのおかげで、ずっと楽しかった』

頭を傾けたままなので、自然と斜め上の私に向かって上目遣いになる。そのままものすごく優しい笑顔でふにゃりと笑った。

『それは……良かったです』

思わず少し目を伏せながら答えると、殿下はすっと体を起こし、今度は後ろに振り向いてそのまま柵に背中を預けてもたれた。

『なー！　今ちょっとドキっとしたろ⁉』

『え……？』

リロイ殿下はものすごく嬉しそうに、得意げにニヤニヤと笑っている。

『殿下……私を揶揄《からか》いましたね……？』

『いーや？　まさか！』

『……』

マーカスみたいだと思っていたのに……全然弟みたいじゃないわ！

楽しそうに声を出して笑うリロイ殿下の態度がちょっと悔しくて、わざと少しだけ睨みつける。

それでもそんな私の反応に殿下がもっと笑うから、結局私もつられて笑ってしまった。

『昼間にカフェにいたやつって、ルーシーの婚約者なの？』

リロイ殿下にそう言われ、アルフレッド様の顔が浮かぶ。一瞬忘れていたのに、顔が浮かんだ瞬間腹立たしさもまとめて思い出してしまった。

ひょっとしたら我慢できずに少しムッとした顔になっているかもしれない。

『婚約者じゃありませんわ。……婚約者候補ではありますけど』

『何？　グライト王国って正式に婚約しないで候補にしておくのが流行ってんの？』

『ははは……』

『あいつ、今日俺たちのこと尾行してたな』

背中が少しひやりとする。まさか。バレていた。さすが王族、気配に鋭い……！　あら？　でもジャック殿下が気づいた様子はなかったし、王族というよりリロイ殿下が鋭いの？

とりあえず、笑ってごまかしてみる。

だけど相変わらずじっと殿下が私の目を真剣に覗き込むから、思わず言わなくていい言葉がポロっと零れてしまった。

『……あの人、ミリアさんをお慕いしているんです。今日なんてミリアさんが気になって尾行していたんですよ？　信じられない人でしょう？』

絶対言うべきじゃなかったと思う。でも、ささくれ立った私の心は無意識に慰めてほしがっていたのかもしれない。裏表のないリロイ殿下の言葉と、優しい心に強がれなくなっていたのかも。認めよう。私は少し落ち込んでいた。なぜか？　そんなの自分でもわからない……。

『ふーん……そりゃ確かに信じられねえや』

リロイ殿下は何でもないようにそう言って私の頭をポンポンと撫でた。

声のトーンは興味なさそうに聞こえるのに、その手が妙に優しくて、ちょっとだけ泣きそうになった。

あっという間に、帰らなければならない時間が来た。

『ルーシー！　明日、見送りに来てくれよな』

私の手をキュッと小さく握ってそんな風に言う殿下。

――ふふふ。そんな風にしていると、やっぱり弟みたいだ。自然と顔が緩むのを感じながら、その手を握り返した。

『もちろんですわ。リロイ殿下、ではまた明日』

その後、外までわざわざ出てきてくれた殿下は、私の乗った馬車が角を曲がって見えなくなるまでずっと私を見送ってくださっていた。

『ミリアを尾行、ねえ……』

ルーシーの乗った馬車が見えなくなった後、その場に残されたリロイはぽつりと呟いた。

（違う、そうじゃない。だってあいつ、初日からずっとついてきてたもんな）

グライト王国は平和な国だ。人も優しくて温かい。

けれど、ミラフーリス王国もそうであるとは一概《いちがい》には言えない。

リロイは王位からも遠い第五王子だ。それでも命の危険を感じることは多かった。だから「自分は王位には向かない粗雑な人間だ」と、不適格とされるために口調も王族らしくないように変えていった。「王位に興味はない」というアピールも兼ねて積極的に国外への訪問に同行した。自然と気配にも鋭くなった。だから、最初から気づいていた。もっともそれが悪意を持った行動ではないこともわかっていたから、気づいていても何も言わなかった。

(あれはルーシーを気にしてずっと見てたんだ。つーか、俺？　後ジャック殿下もか)

なんてわかりやすい男だろうと思う。なぜかルーシーは完全に勘違いしているみたいだが。勘違いされ具合がすごくて、同じ男として少し可哀想だなとも思うほどだ。

だけど……。

会場に戻りながらリロイは少し笑った。

わざわざ勘違いを正してやるつもりは全くない。

(そんな義理もねーし。ま、さすがにすぐに気づくだろうけど)

とりあえず少し先の未来のことを考えながら、まずはもう少しグライト王国語を勉強しようかな、と呑気に考えていた。

今日はリロイ殿下をはじめ、ミラフーリス王国から来ている外交官や使節団の皆様が帰国される日。

私は昨日約束した通り、リロイ殿下のお見送りに来ていた。

王城の城門の前にミラフーリスの紋章を付けた数台の馬車が並んで待機していて、なかなかの光景である。

外交官の皆様はグライト王国の大臣達と最後の話をしながら、護衛や侍女たちが慌ただしく荷物を運びこんでいる。

リロイ殿下はジャック殿下と一緒に私が来るのを待っていたようだ。

……側には、ミリアさんもいた。私を見つけるなり、その顔がさっと強張る。けれど今日はジャック殿下の陰に隠れるようなこともなく、私の方へ一歩近づいて。

そっと頭を下げたのだった。

「――ルーシー様、先日は、大変申し訳ございませんでした」

思わず目をぱちくりとさせてしまう。

ミリアさんの向こうにいるジャック殿下に視線を向けると、殿下も少し気まずそうな顔をしている。

なんだ。殿下、ちゃんと話ができたのね。……良かった。

「いいえ、何も問題ありません。ミリアさん、お顔を上げてください」

そう声を掛けると、ミリアさんは顔を上げてほっとしたようにはにかんだ。

か、可愛い～～！　やっぱり可愛いわね⁉　ミリアさん！　カフェで私に「意地悪された！」って言いだしたときは本当にどうしようかと思ったけど。とりあえず、謝ってくれたってことは私が彼女に負の感情を持っているという誤解は解けたと思って良いのよね？

二人で殿下達の方へ近づいていくと、リロイ殿下に呆れたようにため息をつかれた。なんで？

『ルーシー、お前、お人好しってよく言われねえ？』

『？　あまり言われたことはありませんけれど……』

『……まあいいけど』

どうやら私が来るまでの時間に、リロイ殿下にも謝罪があったらしい。

『リロイ殿下！　そろそろ出発いたします』

使節団の一人が声を掛ける。

わかった、と返事をしたリロイ殿下は私の方に近づいて、両手をそっと握った。

『ルーシー、本当にありがとな。昨日も言ったけど、ルーシーがいてくれたおかげで楽しかった』

今日のリロイ殿下は正装だ。まだまだ体格は私と同じくらいで小柄だけれど、やっぱりきちんとした格好でいると美少年がしっかり男の人に見える。

そんな綺麗な王子様がくしゃりと満面の笑みで私を見つめるから、さすがに少し照れてしまった。

『あ！　またドキッとしただろ？』

『してません！』

『ちょっとくらいすればいいのに』

『もう！　……殿下、私もこの数日すごく楽しかったです。本当にありがとうございました』

色々あったけどね？　ミリアさんとか……アルフレッド様とか……。

でも、そんな色々を差し引いても、本当に楽しかった。リロイ殿下は裏表がない。隣国の王族に対してこんなことを思うのは不敬かもしれないけど、一緒にいてすごく楽なのだ。うん、楽しかった。

せっかくお礼を伝えたのに、なぜか殿下は噴き出した。

『あー、もう駄目。いや、ルーシーを笑ったんじゃねえから怒るなって。……なあ、そろそろ喧嘩中の婚約者候補とやらのこと許してやったら？』

殿下の言葉にハッとする。

――まさか⁉

ばっと後ろを振り向いて周囲を見渡すけれど、私にはよくわからない。

まさか、アルフレッド様……またなの⁉　さすがにアウト！　思わずちらっとミリアさんを見ると、よくわからないようでキョトンと首を傾げている。もう！　今度こそバレても知らないわよ！

リロイ殿下はクスクスと笑いながら、ぐいっと私の手を引いた。あまりの勢いにバランスを崩し、殿下の方によろめく。

「わっ……！」

『ルーシー、またな』

そしてそのまま私をぎゅっと腕の中に閉じ込めたかと思うと……素早い動きで私の頬にキスをした。
キ、キス、した⁉
「な、な……！」

『ははは、変な顔！　じゃあな！』

視界の端に映るジャック殿下も目を丸くしている。

こ、こんな不意打ちってありなの⁉　破廉恥だわ！

顔にどんどん熱が集まっていくのを感じる私を嬉しそうに笑って、リロイ殿下はさっさと馬車に乗り込んだ。

『次会うときには、グライト王国語ぺらぺらになっとくからさ！』

そんな風に言い残して。馬車はあっという間に走り去っていった。

さて屋敷に帰ろうかというところでジャック殿下に捕まった。

「ずっと話がしたかったんだ。――どうしてアルフレッド・バルフォアを婚約者候補にした？」

思わずため息をつく。

「あいつは危険な男だと言ったじゃないか」

「でも、バルフォア家は没落寸前になどなっていないわ。一度目とは違うのだから、大丈夫じゃない？」

そう、本当ならとっくにバルフォア家は没落寸前の窮地に立たされているはずだ。そうならなかったのは、もはや一度目とは違う現実を歩んでいるからに他ならない。何かが少しずつ掛け違って、全部変わっていっている。

もう、一度目の事情は「事実」であるとは限らない。

「君はわかっていない。バルフォア家の没落騒ぎは彼のせいじゃないかと言っただろう。一度目と違うならそれはミリアが私の婚約者候補になったからだ」

「……ミリアさんが手に入らなかったから、没落させるような危険な真似をする意味がなくなったと？」

殿下は真剣な目をしているけれど、私はアルフレッド様の人となりを知っている。

……そりゃ、ミリアさんが気になって尾行するなんて、一歩間違えば危険な男そのものかもしれないけど！

それでも。

「ねえ、何か違う事情があると思う。アルフレッド様はそんな人じゃないわ。いくらミリアさんのことが好きだからって、そんな手段をとれるような人じゃない」

そう、アルフレッド様はそんな人じゃない。彼のことは、今は殿下よりよっぽど私の方が知っている。

だから、これだけは自信を持って言える。

「アルフレッド様はいい人よ」

「……」

殿下は、それ以上何も言わなかった。


——所変わって、とある日のとある閑話。

あの日、カフェを飛び出したミリアを宥めすかすことに何とか成功したジャック。

後日、彼は例のカフェをお忍びで訪れた。

「先日は、私の連れが大変失礼しました」

大きな声で騒ぎ（ミリアが）、注文したケーキも完食せずに店を飛び出した不作法をお詫びに来たのである。

もちろん店主は驚いた。

「いいえ！　気にしないでください。いやあ、貴族の方だろうなあとは思っていたけど、わざわざご丁寧にありがとうございます。平民の間ではあんなのよくあることですから、気にしないでください」

そう言ってにっこり笑った店主の朗らかな笑顔に、ジャックはとても好感を抱いた。

そうして、このことをきっかけに彼はこの店を大変気に入り、度々お忍びで通うようになる。元々隣国の王子を連れてくるほどには、菓子やケーキ自体も美味しいと評判の店だった。それだけでも通うには十分な理由だ。

やがて店主と、店を手伝うその息子と大変打ち解けていく。息子とは年が近いこともあり、そのうちに友人になった。貴族とバレているのは承知のうえで、平民の友人に接するように砕けた態度でいてほしいとお願いもした。もちろん王族であることは秘密にしている。もしもその事実を親子が知れば卒倒しただろう。

――この友情が予想以上に長く続くことになることも、気さくな平民の友人によって重大な事実に気づかされることも、ジャックはまだ知らない。

閑話　絶望のアルフレッド

アルフレッドは絶望していた。

「だから妙なことは止めておけと言ったじゃないか」

慰めるでもなく、呆れたような父親の言葉に反応もできない。

（じゃあもっとちゃんと止めてくれたらよかったじゃないか……）

さんざん止められてもしつこく食い下がって教えを乞うた癖に、そんなことを思う。そうして心の中で誰かに八つ当たりしていないとやっていられない。

侍従のグレイだけが、そっと背中をさすってくれた。温かい……。

アルフレッドは、とても絶望していた。

父親から、王立騎士団秘伝の（？）尾行方法を教えてもらう約束を取り付けたアルフレッドは持ち前の優秀さをこれでもかと発揮し、もはや隠密《おんみつ》にでもなれるのではないかというレベルの尾行術を習得した。（と、アルフレッドは思った）
一日目、二日目の途中までは良かったのだ。動揺し、多少音をたてたり思わず声が出たりはしたが、大抵は室外だったのであまり危なげもなくバレるような事態には至らなかった。

まあ、隣国の王子がやたらとアルフレッドの天使様に対して距離が近かったり、自国の王子もやたらとアルフレッドの天使様に対して距離が近かったり、アルフレッドの精神状態は極めて不調に追い込まれてはいたけれど。

王子なら近づいても許されるのか？　自分でも時々どさくさ紛《まぎ》れに手に触れるのが限界なのに、王子といえど節度を守って物理的な距離を保ってほしい。具体的に希望が言えるのなら半径一メートルはとってほしい。もちろん精神的な距離も保ってほしい。

頭の中では何度もルーシーと男たちの間に割って入る想像を繰り返した。実行に移さなかったのは偏《ひとえ》にアルフレッドが良識のある男であったことと、ルーシーの立場を考える、理解のある男であったことに尽きる。（と、アルフレッドは思った）

問題は、二日目のあの瞬間から——……。

「明日、キミも一緒に行かないカ？」

「いいんですかっ⁉　ぜひ一緒に行きたいです！」

ガタン！　と、思わず音を立ててしまうほどの動揺。

（何々⁉　どこへ一緒に行くって⁉）

前後の会話がわからない！　しかし非常にまずい事態だということだけはわかったアルフレッド。

（なんでそのメンバーなんだ！　絶対ダメなやつ！　絶対ダメなやつ！）

天使・ルーシーと天使に近づく悪い虫（リロイ、濡《ぬ》れ衣《ぎぬ》）と天使を泣かせた憎い男（ジャック、ちなみに泣かせてない）と、天使を害する可能性のある令嬢（ミリア、ある意味的確）の四人……！

（なんてことだ……俺のルーシー嬢の平和が守られない可能性が高まってしまった……！）

動揺しすぎて、ついうっかり心の中で婚約者面《づら》してしまう始末である。

そもそも、アルフレッドが「よし！　尾行しよう！」と思い立ったのは何も嫉妬心だけが理由ではない。

アルフレッドなりに純粋にルーシーが心配だったのだ。彼の心の中はルーシーでいっぱいである。気持ちは陰で見守る姫の騎士《ナイト》。姫を脅《おびや》かす者は何者であろうと許さない。

ルーシーを守りたい、側で彼女を見守りたい。恋の正義感でいっぱいになっている彼は、付いていったところで何もできない無力な自分には気づかない……。

だから、何か自分の心を揺さぶる出来事がある度にうろたえ動揺し、ガタガタと音を立てるなどという失態を何度もおかすことになる。

当日、いちいち嫉妬に身を焦がしつつも、無事同じカフェの死角の席に身を潜めることに成功したアルフレッド。

「ご注文は……？」

アルフレッドはそこそこ体格がいい。スマートではあるが身長も高く、父親のように己も騎士になるべく、日頃から鍛錬を欠かさない。そんな彼が身を縮こませ、小さくなって座る姿に店主は少し怪訝そうな顔をしたが、そこはさすがプロ。怪訝そうな顔をするだけに留めておいてくれた。

飲み物だけを注文し、注意深く耳を澄ます。

(今度、ルーシー嬢とまたここに来よう。二人で！　思い出の上書きをしなくては)

隣国の言葉が混じるため、ルーシーの通訳を挟むとはいえ、いまいち会話の内容がわからない。

しかし基本的に話しているのは二人の王子のようだ。

(そういえば、ブルーミス男爵令嬢が静かだな……)

時折耳に届く食器のぶつかる音は彼女のものだろうが、それぐらいだ。

と、思っていたら、自国の王子の注意を促す言葉を合図に、事態は急変した。

「もういい！　さっきからルーシー様は私を除け者にしてばっかり！　確かに私はまだまだマナーの勉強が足りてないかもしれないけどっ！　でもっ、頑張ってるのに！　ジャック様もルーシー様を怒ってくれるかと思ってたのに見て見ぬふりだし！　おまけに私のマナーが悪いせいだって言うの⁉　……ひどいっ！」

(嘘だろう⁉　ひ、ひどい誤解だ！　地上に舞い降りた天使であるルーシー嬢がそんなことをするわけがないだろう！　ジャック殿下は何してるんだ⁉　この甲斐性ナシめ！)

しかし、本当に彼の心を乱す出来事はその先にあった。

「気にするナ！　ジブンはルーシーと二人でゆっくり帰ル」

ガタン！　ガタガタ！

思わずテーブルに足を勢いよくぶつけ悶絶《もんぜつ》した。

（ふ、二人で⁉　ダメだろ！　それはダメだ！　そんなのまるでデート帰りの恋人みたいじゃないか！）

どんどん心が狭くなる男、アルフレッド。もはや余裕など一欠片《ひとかけら》もない。

おまけにあろうことかその隣国の王子は。

膝の上に可愛らしく重ねられたルーシーの手を、おもむろに、握った。

ガタ！　ガタンッ！

（待て待て！　どうしてそうなる⁉　会話が！　会話がわからない！　あああ！　ダメだ、俺はいったいどうしたらいいんだ……！）

混乱のあまり、体勢を整えることすらままならない。

パニックに陥ったアルフレッドは、自分の感情の処理に大忙しだ。完全にその瞬間、周りが見えなくなっていた。だから気づかなかった。いや、気づいたところで今更どうしようもなかったのだが。

「——は？」

鈴の音のような可憐《かれん》な声につられて顔を上げると、いつの間にか側に来ていたルーシーと目が合った。

——バレた。

「……あはは、ルーシー嬢、こんにちは」

あの瞬間。それ以外に、アルフレッドに何が言えただろうか？？

何も言えるわけがない。言えないことしか、していないのだから……！

問い詰められ、尾行していた事実を白状する羽目になった瞬間。

実は、アルフレッドはそれでもまだ絶望というほどの感覚に襲われることはなかった。

妙な自信がある男、アルフレッドは過信していた。

どこかで思っていたのだ。「もしもバレても、ルーシー嬢なら笑って許してくれるのではないか？」と。呆れ、口では文句を言いながらも、本気で怒ったりはしないのではないか。

しかし、それはただの思い上がりだったのである。

自分を睨みつける、心底怒りのこもった冷たい視線が頭から離れない。

「……ミリアさんや殿下にバレなくてよかったじゃないですか。ちゃんと黙っていてあげますから
どうぞご安心ください！」

「えっ……？」

（えっ……？）

なんとなく言われた言葉に違和感があったものの、そんなことを考えている暇《ひま》はなかった。

「あっ！　ルーシー嬢……」

振り返ることもなく、隣国の王子と立ち去っていくその後ろ姿。

まるで世界が凍り付くように全身が一気に冷え、足元が崩れ落ちていくような感覚。その後を追
いかけることもできなかった。

むしろ、立ち上がることすらできなかった……。


「アルフレッド様、そろそろお休みになってはどうですか……？」

グレイが気づかわしげに声を掛ける。

今日はルーシーがリロイの通訳としてともにパーティーに出席している。パーティーにはさすがに入り込むことはできなかった。もしも入り込めたとして、その気力もさすがに湧かなかったかもしれない。……湧いたかもしれないけど。

（ルーシー嬢………）

あれほどパーティーでの通訳で、二人の距離が（物理的に）縮まることに恐れ慄《おのの》き錯乱していたアルフレッドは見る影もない。今やそれどころではなかった。

頭の中はいつも以上にルーシーでいっぱいだ。いつもの二割増し。いつもいっぱいなのにどこにそんな容量があったのかというほどである。パンパンだ。

「アルフレッド様、軽食だけでも口にしませんか？　せめて、水だけでも」

グレイがなおも心配して声を掛けてくれるが、ゆるゆると首を横に振り応えるのみ。もはや返事をする元気さえ出ない。

絶望のアルフレッドは、息をしているのがやっとだった。

（ルーシー嬢……もう許してはくれないだろうか。もう俺に向かって笑ってはくれないだろうか）

うっかり泣きそうだ。さすがに情けなさすぎるので我慢する。

（もう一度やり直せるなら…………今度は絶対にバレないようにする）

想像してみたけれど、この期《ご》に及んでもやっぱり心配なので「尾行しない」という最適解はなんとなく選べなかった。想像でも無理だった。知らないところでルーシーが泣いているかもと考えるだけでゾッとする。無理だ。

「アルフレッド様。考えたって仕方ないではありませんか。怒らせちゃったんでしょう？　怒らせちゃったらもう謝るしかないじゃないですか」

とうとう呆れたようにため息をつくグレイ。ちなみに父親はとっくに匙を投げてアルフレッドが絶望の海に沈んでいるのを視界に入れないようにしている。

――まるで、天啓《てんけい》のようだった！

「そうか、そうだよな！」

おもむろに顔を上げた主人に、不思議そうに首を傾げるグレイ。

（謝る！　全力で謝る！　許してもらえるまで……許してくれるかな？　いや、許してもらえるまで！　謝る！！！）

絶望に浸りきったアルフレッドは、そんな単純なことすらわからなくなっていた。

悪いことをして怒らせてしまったら、誠心誠意謝る！

（こうなったら、全部話してでも……）

脳内はすっかり恋にやられて馬鹿になってしまっているアルフレッドだが、ルーシーの前ではすましている。かっこよく見られたいのだ。要するに見栄を張っている。

けれど、もはやそんなことを言っている場合ではない。

（恥もプライドもかなぐり捨てて、本音を全部伝えよう）

どれだけルーシーを思い慕っているか。なぜ、尾行などという手段に至ってしまったのか。困らせたかったわけではなく、好きすぎるが故《ゆえ》に心配だったのだと。思えばルーシーの気持ちを尊重しようと、面と向かって「好きだ」と伝えたこともない。

言わずとも恐らくバレバレであるとは思うが、はっきりと言葉にするのとしないのとでは全然違う。そういうものだ。遠慮している余裕はもうない。

（それでもダメなら……もっと謝ろう！！）


少し目に生気が戻ってきた主人にほっと安心しながらも、グレイが言う。

「隣国の王子は明日の朝発《た》つそうですよ。きっとルーシー様もお見送りに行かれるのでは？　明日は見守らなくていいんですか？」

ハッと我に返るアルフレッド。

こうしてはいられない……！

アルフレッドはすぐに就寝した。

夢の中で、ルーシーが許しを与え笑いかけてくれたものだから、目が覚めたときちょっとだけ泣いたのは秘密である。

次の日、少し緊張しながらもルーシーを陰から見守っていたアルフレッドは、もう一度絶望する羽目になる。

（だから！　なんで手を握るんだ……！）

相変わらず嫉妬に身を焦がす心の狭いアルフレッド。

そうして隣国の王子と何事か会話していたルーシーを見つめていたときだった。

（――――！）

突然！　ばっと後ろを振り向いて周囲を見渡すルーシーにヒヤリとしたと思った次の瞬間……。

気がつけば、隣国王子がルーシーを腕の中に閉じ込め！　あろうことか！　その神聖な妖精の宝物のようなルーシーの頬に！　頬にキスをしたのだ⁉

（はっ？　はあっ⁉）

おまけに当のルーシーは特段本気で怒るでもなく、顔を真っ赤にして動揺するのみ。

自分は心の底から怒られたのに……！

アルフレッドの心は焦燥感《しょうそうかん》でいっぱいになった。

もう、絶対、言う……！

第五章　そして、誤解が解ける

アルフレッド様が久しぶりに先触れを出して訪問してきた。

『そろそろ喧嘩中の婚約者候補とやらのこと許してやったら？』

リロイ殿下の言葉がよぎった。

許すも許さないも……。

そもそも、どうして私はこんなにモヤモヤイライラとしているんだろう？

彼は気まずそうな顔で現れた。明らかに緊張している。それでも私と目が合うと少しだけホッとしたような表情になった。

庭のガゼボに案内し、二人で並んで座る。腰を落ち着けたところでアルフレッド様は口を開いた。

「ルーシー嬢、よかった。もしかしたらもう会ってくれないかと……」

「いえ、さすがにそこまでは」

思ったより思いつめていた……！　ほんの少し申し訳ない気がしないでもない。

「お願いです、私の話を聞いてくれますか……？」

「……本音を話してくださるなら」

そう、私は本音が聞きたいのだ。もうはっきり聞きたい。ダメならダメですっきりしたい。この先この人が私の婚約者候補ではなくなることになったとしても――。

そう考えて、胸がずきずきと痛むのを感じた。ん？　この感覚は何……？

アルフレッド様はしっかり私と視線を合わせて頷いた。

「まず、私が尾行などという暴挙に至った理由ですが、ルーシー嬢、あなたが……」

あ、暴挙だっていう自覚はあったのね？

「あなたが………気になって気になって心配で心配で心配で……！」

「えっ」

突然苦しそうに顔を歪めたかと思うとすごい勢いで捲し立て始めたアルフレッド様！

ええっ？

「えっ、私？　私が心配で？」

「それ以外に何がありますか⁉　そりゃ、ちょっとは自分の心配もしましたけど。あなたが他の男に取られてしまったらどうしようって！　いや、正直ちょっとなどと言わずかなりしましたけど！でも一番はあなたの心配だったことは決して嘘などではなく――」

ちょっと待って？

「あの……」

「お願いします！　どうか最後まで聞いてください！」

「あ、はい」

勢いに押されて思わず了承《りょうしょう》する。ちょっと色々気になることとか違和感とかあるけれど……確かに一度最後までちゃんと聞こうと素直に口を噤《つぐ》む。

ふと目に入ったアルフレッド様の手。彼は膝の上で手をぎゅっと握り締めている。その手が真っ白になっていて……改めて緊張しているんだと思った。こんなに緊張しながら、今から話をしようとしてくれているんだ。

なぜか、時戻り前にミリアさんを連れて私にいかに彼女を愛しているかつらつらと語っていた殿下の姿を思い出した。

この人は、殿下とは違うんだ。

――だけど、ここからがすごかった。

「初めてあなたに出会ったときから、ずっとあなたは私にとって特別な存在なんです！　だけどあなたは殿下の婚約者だからと必死で諦めて……それでも忘れられないまま、久しぶりに王妃様のお茶会であなたを間近で見たとき、私は天使に出会ってしまったと思いました。それくらいあなたはキラキラと光り輝いていた！　もう眩しいくらいに！　あれから片時も頭から離れる時間などないくらい、私はあなたに夢中なんです！　あ、もちろん見た目だけじゃなく、あなたのその内面も好きです！　小さな頃から変わらず優しいところも、無邪気に笑うところも、お菓子に目がないところも、意外と抜けているところも……ああ、挙げだしたらキリがないなどうしよう――とにかく！

俺はルーシー嬢のことが大好きです‼」


一瞬、何を言われたかわからなかった。なんだか目までちかちかする。じわじわと言われた言葉が頭の中に浸透する。


「――……えっ⁉」

「えっ？」

えっ？？？

私の声につられるように顔を上げたアルフレッド様は、なぜか私以上にぽかんとしている。

ちょっと待って、今この人私のこと、好きって言った……？

「あ、あの、一つだけ聞いてもいいですか？」

「はい！　なんでもどうぞ」

「あの、あの……ミリアさんのことは、もういいんですか？」

「……は？」

それは、心底不思議で訳がわからないといった声。

「あの、どうしてそこでブルーミス男爵令嬢の名前が？」

怪訝な顔で首を傾げながらじっと私を見つめるアルフレッド様。

あれ、なんだか、私はひょっとしてとんでもない思い違いをしていたんじゃあ――？

何かを考えるようにしていたアルフレッド様は、サッと顔色を変えて私に詰め寄る。思わず少し仰《の》け反《ぞ》ってしまうくらいの勢いだった。顔が近い！　ちょっと！　近いから！

「まさかとは思いますが！　俺があの令嬢を好きだとか思っていたんですか？」

「……」

「えっほんとに？　えっなんで……？　嘘だろ……？」

アルフレッド様は頭を抱えてしまった。そのままブツブツと呟いている。

ええー？　だって！　アルフレッド様はミリアさんのことが好きで……失恋に傷ついていて……一度目だってすごくミリアさんを愛していたって……。

そこまで考えてはたと気づく。

ミリアさんをアルフレッド様が愛していたと言ったのは、殿下だ。殿下は「ミリアに聞いた」と言っていた。アルフレッド様が「危険な男だ」と判断するようなことを言ったのもミリアさんだ。だけど、どう考えてもアルフレッド様はそんな人じゃない。

これって、もしかして――。

「ひどい……」

ぽつりと聞こえた言葉にサッと一瞬で血の気が引いた。

そうだ、アルフレッド様がミリアさんを最初からなんとも思っていなかったのだとしたら。私への優しい態度が全てそのままの意味で受け取っていいものだったとしたら。

私は、なんてことを……。

「ご、ごめんなさい、まさかアルフレッド様が、その、私のことを思ってくださっているなんて」

「自分で言うのもなんですが、俺、わかりやすかったと思うんですけど」

「うっ……今思えば、そうですわね……」

アルフレッド様は顔を上げないまま、はあーっと大きなため息をつく。

「もう、いいです。わかりました。俺が間違っていたんです」

「え、あの、本当にごめんなさい、……」

どうしよう。

さすがのアルフレッド様も呆れてしまったかも。さっきひどいって言っていた通り、なんて女だって嫌いになってしまったかも。どうしよう。

悪いのは明らかに私で、そんな資格はないのに。ちょっと、泣きそうだ。

「あの」

「――ひどい！　なんてひどい思い違いだ！　かっこよく見られたいなんて思うからこんなひどい思い違いをさせてしまったんだ……！　すみません、ルーシー嬢！　これからはもう遠慮しません！　信じてもらえるまで何度でも言います！　俺はあなたが好きです！　心からあなたの婚約者になりたい……！」

がばりと顔を上げそう言ったアルフレッド様はほんの少し涙目で。こちらに向き合うように座りなおして、私の両手をぎゅっと握ったのだった。

嫌われたかも、なんて思っていたのに。

私は単純で、そしてちょっと嫌な女だ。絶対ひどいことをしてしまったのに。それでも真っ直ぐに気持ちを伝えてくれることが嬉しくてたまらない。

おまけにその言葉を聞いた瞬間、なぜかずっとイライラもやもやとしていた気持ちが、すーっと消えていくような感覚になった。

あ、そっか。たぶんそういうことなんだ。

その瞬間、ストンと自分の気持ちを自覚した。

さっきから随分大胆《だいたん》なことを言われ続けていたのに、なぜか今更ものすごく恥ずかしい気持ちになる。か、顔が熱い……！

アルフレッド様、私のこと赤面させるの、これで何度目なの……？

だけど、じっと私を見つめるアルフレッド様の顔もものすごく真っ赤になっていた。もう耳まで真っ赤だ。それに気づいた瞬間、私もちゃんと言葉にして伝えなくてはと感じた。

声が、ちょっと震えてしまう。

「私も……たぶん、あなたのことをお慕いしています」

逃げのように「たぶん」なんて付けてしまったけど。言葉にすると、すごくしっくりきた。

「――奇跡だ！！！！」

次の瞬間、私はアルフレッド様の腕の中にいた。

ひえ！　急に近い！　近い！　無理！

おまけにギュウギュウと抱きしめる力が強くてちょっと苦しい！

「あ！　申し訳ありません、ルーシー嬢！　つい嬉しくて……！　ああ、やっぱり奇跡だ……！」

「ふふ……」

あまりにもはしゃぐから、なんだか嬉しくなってしまう。いいのかな？　すごく幸せな気持ちだ。

誰かを好きになるって温かい。

そっか、私アルフレッド様のことが好きなんだ。気づいてしまえば簡単なことだった。むしろなんで今まで気づかなかったんだろう？

ミリアさんが気になって尾行してたんだと思っていたとき。すごくイライラモヤモヤした。初めてだったからわからなかった。たぶん、わかりたくなかったんだ。あれは嫉妬だ。面白くなかった。

「尾行してたこと、許してくれますか？」

アルフレッド様は私の顔を覗き込むように見つめる。

「はい。というか、怒っていないというか……私はてっきり、ミリアさんのことが気になって尾行していたんだと思っていたから……」

「それって……！」

　感激したように目を輝かせるアルフレッド様。

　う……なんだか嫉妬していたことがバレバレでちょっと気まずい。あと、別に怒ってはいないけど尾行はやっぱりまずいと思いますけどね！

「では、私がひどい勘違いをしていたことも許してくださいますか？」

「あ、それはダメです」

「えっ」

　慌てて顔を上げると、アルフレッド様は嬉しそうに顔を緩めている。

「私のこと、どうかアルフと呼んでください。そしたら許します」

　急に距離の詰め方の勢いがすごい……！

　思わず言葉に詰まっていると。彼はものすごく期待した目で私を見つめた。

　もう！　だから私！　慣れていないんだってば……！

「ア、アルフ様……」

「はい！　ルーシー嬢！　これで仲直りですね！」

　満面の笑みで大喜びだ。こんなに喜んでもらえるなら私も嬉しいけれど、慣れるまでしばらくはゴリゴリと体力がそがれそうな気がする……。

「そういえば」

ひとしきりにこにことはしゃいだあと、ふと思いついたようにアルフレッド様……アルフ様は座りなおす。ばっちり私の手を握りなおすのも忘れない。

「カフェで、災難でしたね……？　ブルーミス男爵令嬢はどうしてルーシー嬢を目の敵にするようなことを言うんでしょうね？」

私が彼女を除け者にしたと言われたときのことだ。うーん、どうしてと言われると……私が殿下の元婚約者だから？

「でも、次の日謝ってくださいました。彼女にも焦りがあるのかもしれませんね」

「だけど、そんなのはあなたを傷つけていい理由にはならない」

アルフ様は打って変わって真剣な目をしている。

「ルーシー嬢、ずっと思っていたんですけど……無理していませんか？」

「え……？」

無理している？　私が？

「私も、ルーシー嬢が殿下のことを慕っていたのではないかと思っていました。でも、私の思い違いでなければ恐らくそうではないですよね？」

「もちろんです！　殿下のことを慕っていたことなんてありません！」

それだけは勘違いされたくない……！　そう考えてまた胸が詰まる。こんなに嫌だと思うことを私はアルフ様にしていたんだわ。

アルフ様は少しだけ嬉しそうに笑った。

「はっきりそう聞くとちょっと嬉しい……いや、すいません、不謹慎ですね。忘れてください。……でもそうなると少し不思議なんです」

「不思議？」

「はい。ひょっとして、あなたはブルーミス男爵令嬢のことを嫌ってはいけないと思っていませんか？」

咄嗟に言葉が出てこなかった。

「殿下のことを慕っているから、殿下の選んだ令嬢を嫌いたくないのかと思っていました。殿下のことを否定したくないから。でも、そうじゃない。あの二人のために身を引いたことを間違いにしたくないから？　どこかで彼女より自分は魅力がないなんて思っていませんか？　何があなたをそうさせるのか……俺は、あなたが少しでも悲しむことがあると悔しい」

私の手を握る力が少し強くなる。

「ルーシー嬢、あなたはもう将来の妃ではないんです。誰かを嫌ったって問題ないんです」

ずっと、心のどこかでモヤモヤしていた。殿下に愛があったわけじゃないけど、それでも婚約者にはっきり他の女性を選ばれるということは悲しい。彼女より私の方が魅力もなく劣《おと》っているのだと言われた気がしていた。

私にもプライドがある。自分の気持ちを守りたい。

『ミリアさんがこんなに魅力的だから！　だから仕方ないよね、私に魅力がないわけじゃない』

心のどこかでそう思いたかったのかもしれない。可愛くて、魅力的で、負けても仕方ないと思えるような素敵な女性でいてほしかった。

願望が、きっと必要以上にミリアさんを輝かせてみせた。

――でも、正直そんなこと。言われるまで自分でも気づかなかった。

アルフ様が私の頬をそっと撫でた。その指先が少しだけ濡れている。気づかないうちに涙が零れていたみたいだ。

「アルフ様は、すごいですね。私より私のことをわかっているかも」

「え！　それは最高の褒め言葉……！　ちょっと幸せすぎるな？　一回つねってもらってもいいですか？」

「はい」

お望み通り頬を思い切りつねる。

「いたっ！　ほ、本当に思い切りつねるなんて……でもルーシー嬢に遠慮がなくてちょっと嬉しい」

「もう！　夢じゃないですから！　なんだかアルフ様少し性格変わってませんか？」

「う！　嫌ですか……？」

「いいえ？　気づいてます？　さっきから何度か『俺』って言ってます」

「あっ……すみません、嬉しすぎて今までみたいにかっこつけてる余裕がなくて」

そうなの？　今までも時々かっこ悪かったときあったけど？　とはさすがに言えない。

「どうかそのままで」

私が笑ってそう言うと、彼はとても嬉しそうに頷いた。

「アルフ様。私、ミリアさんのことあまり好きになれないんです」

そっと本音を零す。自分でも見ないふりしていた気持ち。だけど言葉にするとなんだかすっきりした。

「ルーシー嬢の立場を考えると当然だと思います。それに俺もブルーミス男爵令嬢は苦手です」

そうなの？

「それなのに俺が彼女を好きだと思われていたなんて本当に想像もしなかった」

「ごめんなさい……」

「あんなに自分は殿下とは違うから彼女を好きになるようなことはありませんよって言っておいたのに」

え？　そんなこと言われた⁉　覚えがないんだけど？

思わず記憶を探《さぐ》るもやっぱりよくわからない。これはたぶん、私が今までたくさん勘違いしていたっていうことなのね……？

「でも、いいんです！　これからはそんな勘違いされないようにルーシー嬢に愛を伝えますから。

ああ、これからは我慢しなくていいんだなと思うと感慨深い……！　ルーシー嬢、俺のこと好きだってやっぱり勘違いだったたって言わないですよね？」

「もう！　アルフ様こそ私のこと信じてください！　……まあ、私の場合は自分が悪いんですけど。でも、私達婚約者になるんでしょう？　仲良くしましょうね？」

アルフ様は飛びあがるように立ち上がると叫んだ。

「え⁉　いいんですか⁉⁉」

え⁉　むしろそういう話じゃなかったの⁉


その知らせを聞いたとき、ジャックは妙な胸騒ぎを覚えた。

「ルーシー嬢とアルフレッド・バルフォアが正式に婚約……？」

知らせをもたらしたのはジャックの母である王妃だ。

「ふふふ、なんでもバルフォア侯爵家のアルフレッドはルーシーにとても夢中だそうよ！」

嬉しそうに顔をほころばせながら話す王妃。王妃はルーシーを随分可愛がっていた。

元々ジャックの婚約者にルーシーをと勧めたのも王妃だった。だからこそ、ジャックがミリア・ブルーミス男爵令嬢を選び、ルーシーを蔑ろにしていた事実をレイスター公爵から聞かされたときには眩暈がするほどショックを受けていたものだ。

「ルーシーはきっと愛されて幸せになれるわ。……本当に良かった」

ジャックは何も答えられなかった。

王妃が自分の息子がしたことに対して、ルーシーに罪悪感と申し訳なさを覚えているのは気づいていた。それでもミリアとのことを反対せず、チャンスを与えてくれたことには感謝している。

しかし――。

「あなたたちも、早く婚約が結べるようになればいいのだけれど」

憂《うれ》うような王妃の表情。

婚約するために決められた約束は『ミリアが妃教育の最低でも四割を完了させること』。

これは随分易しい条件だ。ルーシーは一度目のときも、この時期にはすでに基本の教育は九割完了していた。あとはさらなる知識を、ということで、身につければ役立つがカリキュラムには入っていない勉強を重ねていた。もっとも、一度目に全てを終えていたルーシーは、二度目の今回は実はそれ以上の知識を持ってはいたけれど。

ジャック自身が望んだ令嬢であること、婚約者であるルーシーが口添えしたこと、皆の前で宣言し、周知の事実になったこと、ミリアが男爵家の令嬢であったこと……もろもろを鑑みて、四割完了させることができれば、あとは婚約後でもよいだろうとの判断だ。

当然ながら妃教育は進めば進むほど難易度が上がる。大変であることには変わりないが、四割は努力次第でそこまで時間をかけずに習得できる範囲であると言える。

つまりこれは教育の完成度を問われたのではなく、厳しい妃教育に真摯《しんし》に取り組み、努力できるかどうかをみるための条件なのだ。


「ジャック様ぁ、マナー講師のサブリナ夫人も私を目の敵にしているんです……きっとルーシー様より私が選ばれたことが許せないんです！　もしかしたら、ルーシー様が私を悪く言っているのかも」


王妃とのお茶の時間を終えた後。自分も帝王学の勉強を受けるため、王城内を移動しているときだった。

庭園の側を通ると、そこにいたミリアが目を涙で潤ませ、自分に訴えてくる。

(それこそ今は、妃教育を受けているはずの時間だ……)

ジャックの中には焦りがあった。このままではミリアに努力する気がないと思われてしまう。これでは彼女を妃に迎えることができない。時戻りまでして自ら望んだ愛する人。

彼女は度々教師陣や使用人からのいじめを訴えた。

(それはありえない。ミリアの勘違いだ)

きっと、予想以上に厳しい教育に混乱しているのだろう。これまでのミリアが育った環境を考えると、使用人として節度を持って接する使用人や侍女の態度が冷たく感じるのかもしれない。

「ミリア、君に辛い思いをさせてしまってすまない。だけどどうか頑張ってくれないか？　ここを乗り越えることができれば私達は正式な婚約者になれる」

（というか、このままでは婚約者にはなれない）

条件を満たせないという意味でも、――自分の気持ち的にも。


「ジャック、なんか荒れてんね」

項垂れていると、目の前に紅茶とケーキが置かれる。

今日は一人お忍びでカフェに来ている。例の隣国のリロイ殿下を伴《ともな》ってきたあのときのカフェだ。

「彼女との婚約がなかなか調《ととの》わなくて。婚約するために条件が出されているんだが、彼女には少し難しいみたいなんだ」

ため息をつきながら答える。

『確かに自分は貴族だが、できれば平民の友人にするように接してほしい』

そう願ってからジャックの対等な友であるこのカフェの店主の息子、トニー。思えば、王族であるジャックにとって、こうして対等に話せる友人は彼が初めてかもしれない。

（私が王子であることを知ってもこうして話せるならいつでも伝えるのに）

トニーの気持ちは変わらなくとも、知ってしまえばこの付き合いは終わりにしなければならない。自分の立場はそういうものだ。

トニーは不思議そうに首を捻《ひね》りながら、うーん、と声をあげる。

「婚約したい彼女って、こないだ一緒に来て先に飛び出していったご令嬢だろう？　俺、貴族のことはわからないけど、雰囲気的にあの令嬢はジャックよりだいぶ身分が低いと見た」

お前の身分を聞くのは怖いからやめておくけど、と少しおどけながら。

「そうだ。だからこちら側の都合で出さざるを得なかった婚約の条件が、彼女にとってはハードルが高いものになってしまったんだよ」

(私もまさかミリアがこの条件で、そこまで辛い思いをするとは思わなかったが……)

トニーはジャックの向かいの席に座る。今は他に客もいない。ゆっくり話を聞いてくれるようだ。

「なあ、聞いてみたかったんだけど、どうしてあの令嬢だったの？　ジャックっていいやつだし顔もかっこいいだろ？　たぶん身分も高い。選びたい放題だろ？　確かに顔はめちゃくちゃ可愛かったけど」

ジャックはこの優しい友にはなんでも打ち明けてしまう。腹の探り合いをしなくていいからかもしれない。

彼に、ミリアに恋に落ちるまでの経緯を簡単に話した。ご令嬢方の傲慢にも思える媚の売り方とアプローチに辟易していたこと。そんなときにミリアと出会ったこと。

「彼女はこれまで出会ったどの令嬢とも違っていた。傍目《はため》には淑女らしからぬ行動だと非難されるかもしれないが、無邪気に笑い、私の身分を気にせず懐《ふところ》に飛び込んできた。そんな姿が無性《むしょう》に可愛く見えたんだよ」

ツンとすまして、それなのに期待がありありと浮かんだ目で自分を狙う令嬢達とは違う。ためらいもなく自分に触れ、恥ずかしがるわけでもなく、己の弱さを素直にさらけ出し、自分を頼ってくれる。最初は何とも思っていなかった。珍しい令嬢だなとだけ。でも媚を売るのとは違うあけすけな態度に、気づけば惹《ひ》かれてやまなかった。

トニーにそんな話を具体的なエピソードまで交えて聞いてもらいながら、可愛いミリアの笑顔を思い出す。そうしていると幸せな時間が蘇ってきて、思わず顔も緩む。

（……思えば最近あの無邪気な笑顔をあまり見られていない）

やはり無理をさせているのだと心苦しく思った。

しかし、自分のそんな思いとは裏腹に、トニーはなぜかポカンとしている。

「なあ、ジャックって本当に身分の高いご令息なんだろうな……」

「は？」

どうも皮肉のように聞こえるのは気のせいだろうか。

「お前が辟易していたって言うご令嬢の媚の売り方っていうのがどんなもんか知らないけどさ。お前が今言った愛する彼女の行動はよく知ってるよ」

「え……？」

どういうことだろうか。

「それはな、まんま男好きの平民女が男をひっかけようとするときの行動と一緒だ。その彼女が貴族ならそういうつもりはないのかもしれないけどさ」

言われた意味が上手く理解できず、それでも頭が冷えていくジャック。トニーは眉間に皺を寄せて、ジャックを心配そうに見つめている。

「俺の勘違いなら申し訳ないけど……でもその令嬢、本当に大丈夫なの？」

ミリアは男爵家とはいえ貴族の令嬢だ。平民ではない。だから恐らくトニーの言っているような平民の女性とは違うだろう。トニーはあまり貴族のことはわからないと言った、その言葉の通りよくわかっておらず、「同じだ」と感じてしまっているに過ぎない。

頭ではそうわかっているのに、なぜだろうか。

王妃からルーシーとアルフレッドの婚約を聞かされたときに感じた妙な胸騒ぎを、なぜ今、こうも思い出してしまうのだろうか――。

「ルーシー様……幸せそうで何よりですわっ！」

「ありがとう、アリシア様！」

私の手を握り涙目で喜んでくださるアリシア様。今日ばかりは『つんでれ』も発揮されることなく、言葉でも態度でも心の底から祝ってくださっている。いつもの素直になれないアリシア様も可愛いけれど、やっぱりストレートにお祝いされるのも嬉しい！

「本当に、お似合いのお二人ですね」

「マリエ様も、ありがとう」

ニコニコと、その隣で私達を見つめるマリエ様。

そう、私とアルフ様を。

「ルーシー嬢のお友達に認めてもらえたようで私もとても嬉しいです。今日は私達の婚約披露パーティーに来てくださりありがとうございます」

にっこり柔和《にゅうわ》な微笑みを浮かべアリシア様とマリエ様にお礼を述べるアルフ様。今日のアルフ様は「かっこつけバージョン」のようだ。

招待客の他のご令嬢もチラチラとアルフ様を見ては頬を染めている。

ついにお互いの誤解も解け（だいたい私が悪かった！）正式な婚約者になった私達。あれからしばらく経ち、今日やっと婚約お披露目パーティーを開いているのだ。

すぐにお披露目ができなかった理由。それは——。

「それにしても、時間をかけてこだわっただけあって本当に素晴らしいドレスですわね」

アリシア様がうっとりとため息をつく。

そう。お披露目に時間がかかった理由は、まさにこのドレス。

お父様とアルフ様が、私が身に着けるドレスに尋常《じんじょう》じゃないほどのこだわりを見せたのだ！

デザインのみならず、生地や縫製技術にまでこだわり、わざわざ遠方へ生地を買い付けに行ったり特別な職人を招いたりしてすごかった。おかげで随分時間がかかってしまった。

……それって普通お母様が張り切るところじゃない？


「僕の可愛いルーシーが身に着けるドレスだよ⁉　お父様頑張るから！　期待していてね！」

「そうですね、俺の天使ルーシー嬢のドレスはとびきりこだわった特別なものでなければ！　頑張りましょう、お義父様！」

「婚約者になったからってお義父様って呼んでいい理由にはならないからなアルフレッドそれからちなみに僕のルーシーはお前の天使じゃないぞ調子に乗るな」

「にゃーんにゃんにゃあん」

「っミミリン⁉　どうしてアルフレッドの方に擦り寄って……！」

「ミミリン様は俺を認めてくれてるようですね、お義父様！」

アルフ様に頭と体をぐりぐり擦りつけるミミリンと、ものすごく得意げなアルフ様、崩れ落ちるお父様……いや、なにやってるの？

「ルーシーちゃん、ドレスは男二人に好きにさせてあげましょう。大丈夫よ、お父様はドレスのセンスも抜群だから！　結婚する前、いつも贈ってくれるドレスが素敵でね～お母様は周りの令嬢に羨ましがられていたわ？　それからね――」

「姉さん、母さん話し出すと長いから。向こうで招待客リストの確認をしよう？」

呆れ顔のマーカスと延々と話し続けるお母様。

我が家の家族の勢いに少し呆然としていたアルフ様のご両親にはちょっと申し訳なかったな～とは思う。

でも、どうか慣れてください！　いずれ家族になるのですから！　きゃっ！

正直婚約披露パーティーはなくてもいいかな？　と思っていた。私は立場的には殿下に振られた元婚約者だし（実態は違うとはいえそう見る人は多い）、当の殿下とミリアさんがいまだに正式な婚約を結べないでいる今、あまり盛大なパーティーを催すのもどうかな？　なんて思ったのだ。

しかし、アルフ様の意見は真逆だった。

「だからこそですよ！　殿下とルーシー嬢の婚約解消はなんの悔恨《かいこん》も残していないのだと周囲にアピールするいい機会でもあると思います。それにもうあちらに気を遣う義務は全くないのですから」

「アルフ様……」

そっか、そうよね。私はもう二人とは立場上無関係。そういうことは関係者が頭を悩ませればいいことなのだ。

「それに、俺の隣で俺の婚約者として着飾って笑うルーシー嬢がぜひ見たい！　あと俺たちの仲がものすごく！　ものすごく良好なところを見せつけておかねば何か勘違いした男どもがルーシー嬢に近寄りでもしたら大変だからここらへんで牽制しておかないと。もう少しで学園も始まるし……」

「……そうですね」

アルフ様は相変わらずだ。せっかくかっこいいのにその後に続く本音で台無しよ？

ま、嫌じゃないどころかそんなアルフ様にときめいてる私も大概《たいがい》だけどね！　だって、こんなにかっこ悪くなっちゃうくらい私のことを好きでいてくれてるんだって思うと……ねえ？

そうして、お父様とアルフ様のやり取りに呆れたり、お母様の惚気話を聞かされたりしながらもせっせと準備を整え今日のこの日を迎えたのだった。


「アルフレッド！」

「僕たちも来たよ～！」

「ダイアン！　ルッツも！　来てくれてありがとう」

アリシア様、マリエ様の後にも数人の招待客と話した後、二人の令息が声を掛けてきた。

彼らはアルフ様の友達。話だけは聞いていた。アルフ様と同じくらい背が高いけれど少し細身、黒髪黒目で聡明そうな顔立ちのダイアン・ドーガー侯爵令息と、二人より幾分か小柄でハニーブロンドに碧眼《へきがん》の、少年のような雰囲気のルッツ・ジョリオリッチ伯爵《はくしゃく》令息。

――実は、一度目。この二人も随分ミリアさんと仲良くしていたように思う。だけど、自分の友人の婚約者に横恋慕《よこれんぼ》して信奉者のように侍《はべ》る？　アルフ様の話を聞いていると、この二人がそんなことをするようには思えないのだ。気持ちがどうだったかはこの際置いておいたとしても。

「レイスター公爵令嬢！　王妃様主催のお茶会ではあまりお話もできず……ドーガー侯爵家のダイアンです」

「僕はジョリオリッチ伯爵家のルッツです！　改めてこうして二人並んでいるところを見ると感慨深いね！　ルーシー嬢、アルフレッドはいつもあなたの話ばかりなんですよ～」

「おい！　ルッツ！」

「まあ！　ふふふ、ダイアン様、ルッツ様、どうぞこれからは私とも仲良くしてくださいませ」

うーん、やっぱりどう考えてもおかしい。アルフ様の件だってこうして誤解が解けてみれば何度考えてもおかしいのだ。

……ミリアさんはなんだか謎《なぞ》が多いわ？

「アルフレッド、よかったな。『天使様』と婚約できて」

「そうだよ！　それにしてもルーシー嬢ってこんなに笑う人だっけ。本当に天使みたいだね」

「そうだろ……俺の天使は今日も本当に可愛い……」


ちなみに、殿下からは祝いの言葉と大きな花束が届けられた。

これで婚約解消後も王家とレイスター公爵家の間にはわだかまりもなく仲は良好だとアピールできたただろう。私が殿下を実は慕っているなんてこともないのだと、今日の私とアルフ様を見た人はわかってくれたと思うし、ここから人づてに広まっていくはずだ。

なんたって終始アルフ様は私の側を離れず、他の令嬢に向けるものとは全然違う目で私を見つめるのだから！　すごく甘い、蕩けるような目である。さすがの私もびっくりしたわよ？　何をって？

他の令嬢たちに向ける彼の視線が見たこともないくらい冷めていることによ……！

たぶん特別冷めているわけではなく、これが彼の令嬢に対する「普通」なのだ。

私には最初からこうだったから、それが彼の普通なのかと思っていた。だけどそれはとんだ勘違い！　目の当たりにして改めて感じる。私は、本当にアルフ様の特別なんだ……。

さすがに周りの生温かい視線が恥ずかしくてたぶんまた何度か顔が赤くなってしまっていたよう

な気もするけどね！　でも、すごく幸せだわ。

そうして私の友人や、アルフ様の友人、レイスター公爵家とバルフォア侯爵家の家族とその関係者を呼んだささやかな婚約披露パーティーは終始楽しく、平和に過ぎていった。


「アリシア様、泣かないでください……」

「だって……！」

「ルーシー様も、嬉しいですけど、さすがにちょっと……」

「マリエ様〜！」

涙が止まらない私とアリシア様、そしてちょっと困惑気味なマリエ様。

ここ数か月で覚悟を決めていたつもりだったけれど、やっぱり寂しい……！

「あの〜移住するとはいえ、全く帰ってこないわけではありませんし……というかこちらでしか育てられない薬草もあるので割と帰ってくる予定なんですけど」

今日ついにマリエ様は隣国に向けて発つのだ。移住先はミラフーリス王国。そう、あのリロイ殿下がいらっしゃる国である。

私達はもうすぐデビュタントを迎える。マリエ様は向こうの学園に通うことになるため、デビュタントも向こうで迎えることにしたらしい。そのためこの時期での移住が決まった。

「まあ確かに、デビュタントをお二人と迎えられないことや、一緒に学園に通えないことは残念ですけど。それでも、これからも私と友人でいてくださるでしょう？　……いてくださいますよね？」

「もちろんですわ〜！」

「当たり前じゃないですかー！」

飛びつくようにマリエ様に抱き着く私達二人。

「もう、本当に泣かないで……そろそろ私もつられちゃう……」

結局三人でひとしきり泣くことになったのだった。


「ぐす……マリエ様、最後は颯爽《さっそう》と行ってしまいましたね……」

「そうですわね……私達の方が泣いてしまいましたわ。でもきっと、馬車の中でまた泣いてますわよ」

マリエ様とアリシア様は幼馴染だから、きっと彼女のことがよくわかっているのだろう。鼻をすりながら、アリシア様は少し笑っていた。

「ルーシー嬢！」

アルフ様が少し遠くから大きな声で私を呼ぶ。もう、もっと近づいて呼んでくれればいいのに！

彼はいつも私の姿が見えるとすぐにこうなのだ。

「ルーシー様の忠犬が迎えにきましたわね」

「犬だなんて」

「別に悪口で言っているわけじゃないんですよ？　ほら、よく見てください？　ルーシー様の姿が見えた途端嬉しそうに走ってくるあの姿。無邪気な大型犬のようですわ。耳と尻尾が見えてくる気がしませんか？」

そんなわけ――。

じっとこちらに駆け寄ってくるアルフ様を見つめてみる。栗色のさらさらの髪の毛。キラキラ輝く空色の瞳。嬉しそうに緩んだ表情を隠しもせずに、まるで慌てるように走り寄るその姿……。

「ないとは言えないかもしれないですわ……」

「ほら！　アルフレッド様は動物にたとえると絶対犬ですわ」

茶色い耳とふさふさの尻尾が簡単に想像できてしまったわ……！

「？　どうされましたか？」

すぐ側まで来たアルフ様は不思議そうに首を傾げる。いつものように私の手を握るのも忘れない。

なんだか向かい合ったときに両手を握るのが普通になってきている……。

「はあ……、私もそろそろ真剣に婚約者を探そうと思いますわ……それではルーシー様、アルフレッド様、私は行きますわ。きっと次に会うのはデビュタントのときですわね！」

「アリシア様！　またデビュタントのときに。楽しみにしてますね」

デビュタント。真っ白のドレスに身を包むアリシア様はきっと綺麗だろうな〜！　でもやっぱり、マリエ様のデビュタントのドレス姿もやっぱり見たかったわ……。あ、やばい、なんかちょっとまた泣きそう。

そんなことを考えながらこっそり涙をこらえていると、ポツリとアルフ様が呟いた。

「デビュタント……やっぱり俺がエスコートしたかった……」

すごく……悔しそうな声で言うわね……。笑い飛ばすのも悪い気がするような声色《こわいろ》、だけど慰めるのもおかしな気がするし。うーん。

そもそもグライト王国ではデビュタントのエスコートは父親が務めることが一番多い。中には婚約者が務めることもあるが、最近ではデビュタント以降に婚約者を探すことも多く、その数は少ないのだ。

アルフ様はお父様と、私のエスコート役を巡ってしばらく戦っていた。そして結局負けた。

「僕はルーシーが生まれた時からデビュタントのエスコートを楽しみにしてたんだ！　アルフレッド君！　これだけは絶対に譲らないぞ……！」

さすがに可哀想なので私がお父様に軍配《ぐんばい》を上げた。

それに……ちょっと感慨深かったのだ。一度目は十四歳の誕生日の前に亡くなったお父様。当然デビュタントのエスコートの夢は叶わなかったわけで。おまけにジャック殿下は王家として王族席での参加になるため、結局エスコートは親戚《しんせき》のおじさまにしていただいた。

今回はお父様とデビュタントを迎えられる！　そのことがたまらなく嬉しい。

アルフ様は……これからいくらでもエスコートしてもらえる機会はあるから！　実際それもすごく楽しみなことの一つ。全然いい思い出のないありとあらゆるパーティーだけど、きっと二度目の今回は幸せな思い出になるに決まっている。なんたって一緒に参加する相手がアルフ様なんだもの！

なんだか私、時戻りをしてからいいことばっかりね？　お父様は元気で、素敵な友達もできて、いつだって私に甘く微笑んでくれる大好きな人が婚約者！　一度目にどんなに辛くても泣き言ひとつ言わずに頑張ったご褒美をまとめて貰っている気分だ。

「アルフ様、デビュタントで一緒にダンスできるのを楽しみにしてますね」

手をぎゅっと握り返してそう言うと、アルフ様は途端に嬉しそうな表情になって何度もうなずいた。

……やっぱり耳と尻尾が見える気がするわね？

そして、デビュタントの日がやってくる――。

デビュタントの日はあっという間にやってきた。

真っ白なエンパイアドレスを身に纏《まと》う。デコルテから肩まで大きく開いたデザインで、大人っぽさと可愛さが両方ある。最高に素敵。

そっとドレスの胸元に手を当てる。ふと目の前の姿見を見ると、そこに映る自分の顔がものすごく緩んでいてびっくりした。後ろに控えるユリアが微笑ましそうに笑っているのも鏡の端に映っている。

ちょっと恥ずかしくて、慌てて顔を引き締めた。

でも、今日は仕方ないよね？　……このドレスもお父様が用意してくださった物。つまり、一度目とは全く違うドレス。一度目とは比べ物にならない、ずっと素敵なドレス。

前のときはお父様の喪《も》が明けたばかりで、準備をする気力もあまりなくて……そこそこの質の既製品にほんの少し手を加えたものを着た。デビュタントの場で暗い顔をしているわけにもいかず、必死で笑顔を貼り付けて、少し気を抜けば湧き上がってくる涙を隠すのに必死だった。

――お父様が一度目と同じようにハイサ病で倒れたと聞いたとき、取り乱す私をアルフ様は抱きしめてくれた。「大丈夫だ」って、何度も言いながら。

殿下はどうだっただろうか。確かお父様が亡くなった後も、葬儀に顔を見せたくらいで言葉をかけてくれることもなかったように思う。

まあ、よく考えれば当然よね？　そもそも嫌っている婚約者。普段からろくに話もしないのに、急にあんな風になってやつれる私にかける言葉などあるはずもない。

時々、こうして意味もなく一度目との違いを比べてみたりする。あまりいいことではないのかもしれない。だけどきっと、そうして一度目の辛かった自分の心を慰めたいのだ。

そして、アルフ様が側にいてくれる幸せをより強く感じる。

不幸を全く知らない人間は、どんなに幸せでも満たされることはないのだと聞いたことがある。いつだって幸せであることしか知らないと、自分が幸せだということにも気づかない。だから、幸せになるために不幸があるんだと思う。その証拠に私は今、一度目のことを思い出すときだって涙が出そうに幸せだ。

「ルーシー嬢！　ああ今日も本当に天使……最高に可愛い……この人が俺の婚約者だなんて実は長い夢を見ているだけだったらどうしよう、もしそうなら二度と目覚めたくない」

「あ！　こら！　アルフレッド！　僕より先にルーシーに会うなんて許されない！　望み通り二度と目覚めないなんてことになりたくなかったら今すぐ謝れ！」

「ごめんなさい」

「だいたい王宮で待ち合わせでよかったのになんで来たんだ……」

エントランスに下りると、今日もアルフ様とお父様がおバカなやり取りをしていた。

ふふふ、気づいているのかな？　お父様はこういうときだけアルフ様のことを「アルフレッド」と呼び捨てにする。喧嘩するほど仲がいいということ？　言い合いをしているときの方が楽しそうにすら見えるんだけど？　というか、お父様とアルフ様はなんだかちょっぴり似ている。

お母様はそんなお父様を「あらあら」なんて言いながらうっとりと見つめているし、ミミリンはよほどアルフ様が好きなのか今も足元に擦り寄っている。それを見て嘆き悲しむお父様。最近の定番の光景だ。

「姉さん！　本当に綺麗だよ！　あーあ、僕が弟じゃなくて兄ならあの二人はほっといて僕が姉さんをエスコートできるのに」

周りの騒ぎを一切気にせずにこにこ私に話しかけるマーカスもいつも通り。

「マーカス！　ありがとう。あなたの社交界デビューのときにまだ婚約者が決まっていなかったら私をパートナーとしてエスコートしてね」

「僕、絶対婚約者作らない」

「それはどうなの？」

呆れた。なんて可愛い弟かしら。

デビュタントの主役はその年に十五歳になるご令嬢だから、同年代の男性は一人で入場することが多い。今日のアルフ様もそうだ。

お父様にエスコートされ馬車に乗る。

王城へ向かいながら、たくさん話をした。ドレスのこと、デビュタントのこと、来年から通うことになる学園のこと、アルフ様のこと……。

時戻りをした直後より強く、お父様が生きている奇跡を感じる。なかったはずの一緒の時間だからだろうか。


城に着き、少し控室で休憩してから会場に入る。入場は爵位の低い家の者から順になるので、大きなダンスホールにはすでに多くのデビュタントの令嬢がいた。

――その中に、ミリアさんの姿を見つける。

彼女のドレスは遠目でも一目で上質だとわかるほど美しい光沢《こうたく》を放っていた。側にいるのはブルーミス男爵だ。いくら裕福で手広く商売をしているとはいえ、あの生地でドレスを作るのは男爵家には難しいだろう。値段ではなく、腕のいい職人は客を選ぶ。……きっと殿下からの贈り物なのだろう。

ミリアさんは最後に見たときに比べてとても姿勢が良い。きっと婚約に向け彼女なりに頑張っているのだと思うと微笑ましさすら感じる。

だけど、その表情はどこか浮かない。

「ルーシー様！　ごきげんよう、待っていましたわ！」

「アリシア様！」

互いの父親同士が話す傍《かたわ》ら、私とアリシア様はゆっくりグラスを傾けながらお話ししていた。

私達だけじゃなく、あちこちで令嬢たちが仲の良い友人どうしで集まって談笑している。もうすぐ王族が入場し、陛下にご挨拶したあとにデビュタントの祝いの言葉をもらい、ファーストダンスになる。

ふとアリシア様は遠くを見つめ呟いた。

「ブルーミス男爵令嬢は随分つまらなそうな顔をしていますわね」

ミリアさんの側には、友人らしきご令嬢の姿もない。

他の貴族家の方たちと談笑する男爵から少し離れ、一人で立っていた。

「まあ、当然ですわね。元々男爵家のご令嬢。例のお茶会の後は随分他の家からもお誘いがあったみたいですけれど、あまり出来がよろしくないという話が広まってからはなかなか彼女に近づく者もいなくなったのだとか」

「そうなんですか？」

殿下やミリアさんの動向はあまり耳に入らない（きっとお父様達が気を遣ってくれているのだと思う）。王妃様や殿下に聞いた、「妃教育があまり上手くいっていない」という話くらいしか私は知らない。

「結局、他の婚約者を据《す》えることになるのではないかという見方が多いみたいですわ。もしそうなれば、ブルーミス男爵令嬢と懇意《こんい》にするのは得策ではないでしょう？　経緯が経緯だけに余計に」

確かに、もしもそんなことになればミリアさんは随分難しい立場になるはずだ。私なんて比ではない。時期も状況も相まって私はあまり傷を負わずに済んだけれど、ミリアさんの場合はそうはいかないだろう。

お父様に捕まっていたアルフ様がこちらに向かってきた。私に声を掛け、アリシア様にも挨拶する。

「シャラド侯爵令嬢。あなたも今日は一段と美しいですね」

「あら、ありがとうございます。あなたのルーシー様には劣りますけれどね？」

「アリシア様ったら！」

ふと強い視線を感じて、そちらを見る。

――ミリアさんが、じっとこっちを見つめていた。感情の読めない、とても暗い目で……。

「王族の皆様のご入場です！」

その目に見つめられて息が詰まるような感覚を覚えるのと同時に、大きな扉が開いた。

会場の全員の視線が一斉にそちらを向く。

「なんでなのよ……！」

遠くで零れ落ちた小さな声は、私の耳には届かない――。


扉が開き、王族が入場する。

陛下、王妃様、ジャック殿下と続き、最後にジャック殿下の弟君の第二王子セオドア殿下が席に着く。

挨拶は爵位の高い者からになるので、私もお父様と向かう。公爵家で今年デビュタントを迎える令嬢は私ともう一人だけだ。

「アリシア様、アルフ様、またあとで」

「あ、ルーシー嬢」

「？」

呼び止められ、何かと振り向いた瞬間、アルフ様はものすごく近くにいた。

わ！　顔がアルフ様の胸元にぶつかるかと思ったわ⁉　な、なに……？

驚いて彼の顔を見上げると、至近距離で目が合った。うわ！　ますます近い⁉　……と、思った瞬間、おでこに柔らかいものが……ちゅっと、軽いキスを落とされていた。

こ、こんな人前で……何するのよ……！

視界の端でアリシア様がニヤニヤとして、その口が「まあ」と動くのが見えた。

慌てて手で額《ひたい》を隠す。恥ずかしくて睨みつけると、アルフ様はにこーっと嬉しそうに笑った。

「ルーシー嬢が可愛すぎるから、離れてる間に悪い虫がつかないように！　行ってらっしゃい！

またあとで」

普段わあわあと私を褒めそやし「奇跡だ！」「天使だ！」と騒いでいる割にこういうときに恥じらいもなく大胆なことをするの……やめてよ……！

きっと顔が真っ赤だわ……慌てて平常心を保とうと必死に深呼吸しながら振り向くと、お父様がめちゃくちゃアルフ様を睨んでいた。ひえ！

「あいつ……調子に乗ってるからしばらくうちの屋敷出禁にしようかな……」

「それは……やめてあげて」

私も会えないと寂しいから。なーんて、言わないけどね！


先に挨拶していた公爵家のご令嬢の次に王族の前に出る。膝を折り、正式な礼をとる。お父様も隣で深く頭を下げた。

「レイスター公爵、ルーシー嬢。デビュタントおめでとう。今日が良き日になるよう、楽しんでくれ」

「ありがたきお言葉です」

「ルーシー、今日のあなたは一段と綺麗だわ！　バルフォア家のご令息とも仲が良さそうで何よりよ」

ふふふ、と笑う王妃様！　さっきの、見られてた……。

「あ、ありがとうございます……」

「また時間があるときにお茶しましょうね」

王妃様の優しさに心が温かくなる。私がジャック殿下の婚約者だったときも、王妃様はずっと優しかった。またお茶の席を共にするのは現実的にはきっとなかなか難しいだろうなと思うけど。

最後にもう一度礼をとり、その場を後にする。

顔を上げて立ち去る瞬間、ジャック殿下と目が合った。

「……？」

なぜか呆然とした顔をしていたような気がする。気のせいかな？　ジャック殿下も色々大変そうだから疲れているのかも。


挨拶が次々と終わり、ファーストダンスの時間になった。

お父様がにこにこと私の手を取る。

「いやあ、嬉しいなあ！　デビュタントでルーシーのエスコートをして、ファーストダンスを踊るのが君の父親になった瞬間からの夢の一つだった」

夢が一つ叶ったと笑うお父様。

「ふふ、じゃあ他の夢は？」

「それはもちろん、世界一綺麗な花嫁になったルーシーをエスコートすること……」

横目でチラリとアルフ様を見ながら呟く。ちょっとだけお父様の目が寂しそうに見えたのは気のせいじゃないと思う。

やばい、今日一番胸に込み上げるものがある。ダンスの時間じゃなければ、思い切り抱き着きたかった。

「お父様はね、ちょっぴりアルフレッド君が嫌いだ。ルーシーを攫《さら》っていく予定の男だから」

「まあ、お父様ったら」

「でも、それ以上に彼が好きだよ。彼ならきっとルーシーを幸せにしてくれる」

「……私もそう思うわ」

「ルーシーが幸せそうに笑うのを見る度にお父様も幸せになるんだ」

今日から私は大人の一員になる。これから学園に通い、結婚はまだまだ先。だけど一つの区切りとして、お父様も色々感じているんだろうな。

ダンスが終わりホールの隅《すみ》に移動する。そこにはバッチリアルフレッド様が待ち構えていた。

「ルーシー嬢、次は私と踊っていただけますか？」

アルフ様のかっこつけバージョン再び。私とアルフ様が踊り始めると、あちこちからため息が聞こえた。

そうでしょう、アルフ様はいざとなったらかっこいいのよ！　ちょっとだけ鼻が高い。

しかし……案の定というか、踊っている距離が少し近い気がするわ……？

さっきの不意打ちおでこキスのこともあるので、ちょっとだけ文句言っとこうかなと思ったけれど、その前に。

「ああ……俺は最高に幸せだ……幸せだ……死なないよな？」

なんて小さな声でブツブツと呟いてたから笑ってしまって言えなかった。

「アルフ様……私も幸せなので、死なないでくださいませ？」

「!!　……ルーシー嬢！」

でも！　やっぱりちょっと近いから！

本当に困る……嬉しくて。


ジャックは呆然としていた。

（あれは……誰だ？）

誰だも何もない。ルーシー・レイスター公爵令嬢。自分の元婚約者。よく知っている人物だ。

いや、本当ならばよく知っているはずだった人、だろうか。

だけど――。

（あんな笑顔も、できる人だったんだな……）

会場に入った瞬間から目に入った。あまりにもそこだけ他と比べても華《はな》やいでいたから。

アルフレッド・バルフォアが彼女に触れた瞬間の恥ずかしそうに睨みつける、だが幸せでたまらないというのがありありとわかる顔が目に焼き付いている。

（あれは、たぶん私へ見せつけるつもりもあったのだろうな）

その証拠に、ルーシー嬢が後ろを向いた瞬間、あの男と目が合った。

別に敵意を向けられたわけでも、睨まれるようなことがあったわけでもない。それでも言いようのない居心地の悪さを感じたのはなぜだろうか。


王族席へ近づき、挨拶をするルーシー嬢を間近で見てまた息を呑む。

（彼女は、こんなに美しい令嬢だっただろうか？）

父親とダンスをするときの幸せそうで、少し切ない表情。その後またバルフォア侯爵令息の元へ戻り、恥じらいながらも浮かべた、安心しきった表情。どれも自分の知らなかった顔だ。

『いつも無表情で、冷たい目をしていて、近寄りがたいご令嬢』自分がいつだったか評したような人間はどこにもいない。

なぜか言いようのない焦燥感を覚えた。

ひょっとして自分は、何か大きな勘違いをしていたのではないだろうか。

自分は――。


そして、デビュタントの夜が終わる。

エピローグ

デビュタントを終え、私はその後も毎日平穏な日々を過ごしていた。

十八歳で時を戻り、十三歳からやり直してもう二年がたった。こうしてみると随分あっという間で、それなのに一度目の十八年よりもずっと幸せで濃い時間だった気がする。

アルフレッド様が紅茶を飲みながら微笑んだ。

「ルーシー嬢、もうすぐ学園入学ですね」

私達は今、レイスター家の庭園で二人の時間を楽しんでいた。

「そうですね、あっという間ですね」

なんでもない風に相槌を打つ。

学園、学園かあ……。

一度目の中でも、実は特に辛かったのが学園での時間だった。婚約者であるジャック殿下には嫌われ、頼れる人もおらず、入学前から苦しい時間になるだろうということは予想できて、本当に憂鬱だった。婚約解消など絶対にできないのだと思い込んで、それならば無駄に心配をかけるのも、と躊躇って家族にも弱音《よわね》を吐けなくて。実際親しい人の一人もできず、笑われ、侮られ、それでも少しでも隙《すき》を見せてはいけないと気を張って……。

「どうかしましたか？　顔色があまり良くありません」

心配そうな声にハッと我に返る。違う。もう一度目のような時間にはならない。

「大丈夫です。学園入学のことを考えて少しドキドキしてしまっただけなので」

それなら良かったと、こうして微笑んでくれる人がいる。

私はジャック殿下の婚約者ではないし、アルフ様は一度目では会話をしたこともない人だった。あれだけ嫌われているのだと思い込んでいたアリシア様とは今は親友で、お父様も生きている。

この二年間で、私は全く違う人生を歩んでいる。

本当はあまりにも簡単に危機が過ぎ去って、少し不安になることもある。どうしてあれほどお父様の死を簡単に回避することができたのか、どうしてバルフォア家の没落危機は影も形もなかったのか。違和感がどうしても拭《ぬぐ》えない。何かを見落としているような、大事なことを忘れているような、そんな風に感じてしまって……。

だけど、そもそも時戻り自体が普通では絶対にありえないことだし、やり直しなんてそんなものかもしれないとも思う。どちらにせよどれだけ考えても何かがわかるわけじゃないし……もしかしたら一度目との差に、こんなに幸せになってしまっていいのかと心がびっくりしているのかも。

このまま学園でも楽しく過ごせればいいな。今回は学園でもお友達ができるかも！　きっといい時間になる。学園生活をアルフ様と過ごせると考えただけで楽しみになってくるから不思議だわ？

星花の伝説はとても不思議なものだけど、きっと神様がやり直しのチャンスを与えてくださったものなんだと思う。願わくは私と同じように殿下やミリアさんの願いも叶いますように。それに星花が見つかるきっかけになった、王都で死者を出したという例の薬のことも、今回はあまり惨事にならずに解決できればいいと思う。

――きっと、大丈夫よね。

「確かに、ルーシー嬢と一緒に学園に通えると思うとワクワクしますね！　ルーシー嬢はきっと人気者になるだろうなあ……次期王太子妃とされていた頃は皆あなたと仲良くしたいのに恐れ多さが勝ってうかつに近づけなかったらしいですよ」

「え？」

そんなわけないと思うけど……。でもアリシア様を誤解していたようなこともあるし、あまり決めつけてはダメよね。

「令嬢達と仲良くなっても、俺との時間も作ってくださいね？」

「まあ！　それは当然です」

びっくりして即答すると、アルフ様はものすごく嬉しそうに笑った。

ああ、この笑顔があればなんでも乗り越えられそうな気がしてくる。もしも何かが起こっても絶対に大丈夫だと思える。いつかアルフ様に貰ったペンダントに服の上からそっと触れた。

さっきまで胸にくすぶっていた小さな違和感と不安はすっかり姿を消して、未来への期待でいっぱいになる。

「アルフ様、学園内で私の後をつけたりなんてしないでくださいね？」

「そ、そんなことしません……！」

揶揄うように釘を刺すとアルフ様はものすごーく目を泳がせて否定した。……ちょっと怪しいわね？　じとっと睨みつけると、ミミリンが庇《かば》うようにアルフ様の膝に飛び乗る。

「にゃあ〜ん」

レイスター家の庭園は、その日も日が暮れるまで笑顔と幸せで満たされていた。

番外編　アルフレッドの初恋

アルフレッド・バルフォア七歳、王宮にて。

彼の運命はその日に回り始めたと言っても過言ではない。

（あーあ、つまんないな。何か面白いことないかな……）

騎士団副団長の父親に連れられ、王宮にある騎士達の訓練所に通うようになって少し経った頃だった。最初は父や父の部下に相手をしてもらい自分の体格に合わせた木剣を振っていたものの、訓練の時間は長い。騎士たちが自分の鍛錬を始めてしまえばひたすら一人で素振《すぶ》りをするほかなく、それが数日続けば飽きてしまうのも時間の問題だった。

そうなれば、最初は楽しくて仕方なかった訓練所通いもつまらないものでしかなくなってしまうわけで。元々アルフレッドが「自分も騎士になりたい」と言い出したことで父が訓練所へ連れてくるようになったのだったが、この時間はアルフレッドにとってすっかり『嫌なもの』になってしまっていた。

アルフレッドは逃げ出すように訓練所を抜け出し、王宮の中をさまようようになる。アルフレッドの父はこのとき、まさか訓練所を離れ王宮内にまで出向いているとは思いもしていなかった。

ふらふらと歩き、辿り着いたのは王宮内の庭園の一つ。そこには数人の小さな貴族令嬢達が集《つど》っていた。後から聞いた話によると、親が王宮に勤める文官や大臣の子供が親の仕事に乗じて王宮へ上がり、時々こうして交流を持っているということだった。

そしてアルフレッドは――その中にルーシー・レイスター公爵令嬢の姿を見つける。そのときはまだ、名前も知らなかったけれど。

（天使みたいに、可愛い子だな……）

緩やかなカーブを描く髪を風になびかせ、琥珀《こはく》色の瞳がぱちぱちと瞬いていた。他の令嬢達など全く目に入らなかった。まるで人形のように綺麗な少女に見惚《みと》れたアルフレッド。それでも、最初はただそれだけだった。

（うわあ……）

異変にはすぐに気がついた。一人の令嬢がいじめのように無視されていたのだ。

「あ、あの……」

「まあ！　なんだか今日は風がうるさくてまるで人の声のように聞こえますわね！」

「ふふっ！　そうですわね！　ここはうるさいから向こうに行って遊びましょう」

「あっ……」

ターゲットにされている子は数人の令嬢に置いていかれ、悲しそうに目を伏せる。

（これだから女は嫌なんだ……）

七歳といえども、アルフレッドも早熟な貴族の子息。令嬢達が一方の令嬢に媚を売り、別の令嬢をターゲットに決めては嫌がらせをする姿を見るのは初めてではなかった。

アルフレッドはげんなりして、すぐに立ち去ろうと踵《きびす》を返す。しかしその瞬間、視界の端であの天使のように可愛い子が、今しがた無視されていた令嬢に声を掛ける姿が見えた。

(……ふうん。あの子は中身も優しい子なんだ)

アルフレッドはそのまま立ち去ったが、夜眠る時間になってもあの令嬢のことが頭から離れなかった。

それから何度か訓練所を抜け出してはその庭園へ通い、数回に一回はあの令嬢の姿を見つけた。

ある日、いつものようにあの令嬢を探していると、集団から少し離れた庭園の陰に入り込むようにしてその姿はあった。しゃがみ込み、少し俯くようにして、綺麗に手入れされた花をじっと見つめている。すぐに気がついた。

(今日はあの子がいじめられているんだ……)

いつもターゲットになった子に優しく声を掛けていた彼女が疎まれるのは自然な流れだったかもしれない。身なりの良さや所作の美しさできっと高位貴族家の令嬢だろうとアルフレッドにも予想がついていた。身分が高いからすぐにはそうならなかっただけで、遅かれ早かれこういうことは起こっただろうとも思う。

（泣いているのかな？）

あの小さな背中をとん、と叩いて慰めてあげたい。そんな衝動にかられ、アルフレッドは側に歩み寄る。

だけど振り向いたその子は全く泣いてなどいなくて。遠くから見ていたのとなんら変わらない綺麗な琥珀色の瞳が真ん丸に見開いて、初めてその中に彼の姿を映した。

「あなた、誰？」

「お前こそ誰だよ」

照れくささから、最近顔を合わせることの多い、騎士の中でも乱暴な話し方をする者の言葉遣いを真似たような強い言葉が口をついて出てくる。アルフレッドは自分で自分にびっくりした。違う、こんな怖い言い方じゃなくて、優しく名前を聞きたかっただけなのに――。

「私はルーシー・レイスター」

何度も何度も話すことを想像していた令嬢はちょっと機嫌を損《そこ》ねたようで、少しぶっきらぼうに名前を教えてくれた。怒らせてしまったかもしれない、と思うと焦りで余計に頭が真っ白になる。

「お前、こんなところで何してんの？」

あああ、だからそうじゃない、なんで！　この口は！　こうも嫌な言い方しかしないんだ！　心の中の自分がそう絶叫しながら頭を抱えている。

「お花の匂いを楽しんでたの」

「匂い？」

「そう、こっちのお花よりこっちの方が匂いが甘くて、あの赤いやつはちょっとツンとした香りがするのよ」

あれこれ指さしながら丁寧に説明してくれるが、アルフレッドにはさっぱり違いがわからない。どの花からどの匂いがするのかもわからなければ、そもそもいくつも匂いがしてるとも思えない。

「鼻がいいんだな。犬みたいなやつ」

（だから！　なんで俺はこんな言い方しかできないんだよっ……！）

しかしこれは彼女にとって失言ではなかったようで、令嬢はふわりと笑った。それこそ花がほころぶように。

「特技なの！　他の人よりたくさん香りが楽しめてお得でしょう？」

「……なんでそうやって笑えるんだよ？」

「えっ？」

言い訳が許されるならば、アルフレッドはこのとき混乱していた。遠くで見ていたよりもずっと、このルーシー・レイスターという少女の笑顔が魅力的だったから。どうして辛いはずの今の状況でもそんな風に笑えるのかと思い、そのまま疑問が口に出たのだ。

「お前、嫌がらせされて今一人でこんなとこにいるんだろ」

今度こそ怒るか泣くかするかと思ったが、天使のような令嬢は笑顔のまま。

「そうよ？　寂しいことに一人になったから、せっかくなら一人でしか楽しめないことをしようと思って。あのね、私あなたが言うように匂いに敏感なの。だけど、誰かと一緒には楽しめないから、人がいるとこの庭園のお花を楽しみ切れない」

そして、彼女は今までで一番の笑顔を見せてこう言った。

「あのね、嫌なことはたくさんあるけど、その中で楽しいことを見つけるのが得意なの！　匂いの他のもう一つの特技」

アルフレッドにとって嫌なことは嫌でしかなかった。それを楽しむだとか、その中で楽しみを見つけるなんて考えたこともなかった。

（天使みたいに可愛いだけじゃなくて、この令嬢は、本当に他の誰とも違う……）

気づいてしまったらもうダメだった。心がソワソワと落ち着かず、この笑顔をずっと見ていたいと思ってしまう。

まごうことなき初恋に落ちた瞬間だった。

同時になぜかあんなに嫌だと感じるようになっていた鍛錬を今すぐにでもしたくなった。

「俺、いつか騎士になるんだ。だから俺が騎士になって強くなったら、お前がいじめられても守ってやるよ」

アルフレッドは最後まで不遜《ふそん》な言い方しかできなかったけれど、一瞬驚いた顔をした令嬢が、次の瞬間には嬉しそうに笑ってくれたから心は今までにないほど満たされていた。

アルフレッドは彼女にした約束を胸に、成長するごとに剣の腕を上げていった。将来有望な騎士になるともてはやされるようになっても決して驕《おご》らずに鍛錬を欠かさなかった。それは失恋が確定した後も変わらず続いたのだった。

いつものようにレイスター家に入り浸り、ルーシー嬢とお茶を飲む。庭園でお茶会をすることが多いのは彼女のお気に入りの場所だからだ。相変わらず花の匂いが好きで、季節の始まりを風が運ぶ空気の匂いで一番に感じるのだというルーシー嬢。

もうすぐ学園入学の時期、そろそろ春が来る。

この日、何の気なしの会話から互いの初恋の話になった。なったもののルーシー嬢の初恋相手を聞くのが怖くてとりあえずすぐに自分の話を始めた。俺の初恋は小さな頃に王宮で、と切り出すと「どこかのご令嬢？　まさか女騎士のお姉様とかかしら」などと楽しそうに話の続きを促すルーシー嬢に話して聞かせた。

俺と、あなたの本当の出会いの話。

これまで一度も話題に上ったことのない話、ということは恐らく彼女は覚えていないのだろうと少し寂しく思いながらも、それがルーシー嬢であることは明かさずところどころをぼかして話す。

話し終えるとルーシー嬢はぽかんと口を開けたまま。……そんな顔も可愛い。

「……あのときの口の悪い男の子が、アルフ様？」

まさか。

「覚えていたんですか⁉」

せっかく自分の言った言葉を少し丁寧に脚色して聞かせたのに、それごと全部バレた。恥ずかしすぎて、でも覚えてくれていたことが嬉しくて顔に熱が集まっていくのを感じる。

あああ、かっこ悪い……ルーシー嬢にはかっこ悪いところばかり見られている気がするから、今更ではあるのだけど。

俺のそんな様子にルーシー嬢は心底おかしい！　と言わんばかりに声をあげて笑った。

「信じられない！　あのときあなたは名前も名乗らないし口も悪いし、なんだか印象が全然違うから今まで気がつきませんでした！　言われてみれば確かにその優しい栗色の髪も、晴れた日の青空みたいな瞳の色もそのままですね！　本当にどうして気づかなかったのかしら？　ふふふ！」

「本当にあのときの俺はクソガキで……すいません」

「ふふふふ！」

どうやらツボったらしく、笑いの止まらないルーシー嬢。もう、あなたが笑顔なら、それでいいです……いややっぱり恥ずかしい。こんなことならかっこつけてセリフの脚色などせずそのままを話せばよかった……。

それにしても。

「……ルーシー嬢。今の話が俺たちの話だと気がついたならわかってますか？　つまり俺の初恋はあなたです」

初恋も、初めての失恋も。二度目の恋も、……そして――。

「はは、は……」

どうやら驚きの事実に気をとられ俺の初恋が誰なのかまできちんと理解していなかったらしいルーシー嬢は、俺の言葉に笑い声も一気に静かになっていき、視線をさまよわせて首まで真っ赤に染まった。……可愛い。

思わず今度は俺が笑って。胸の中に湧いた言葉の続きを心の中で贈った。

――そして、最後の恋の相手も、全部あなただ。

ふわりと寒いような温かいような風が吹いて、春の匂いがした。

ルーシー嬢の婚約者として迎える春。どうしようもなく楽しみで仕方がない。

番外編　ミミリン・レイスターの家族愛

真っ白で艶《つや》やかな毛並み、宝石のような品のあるブルーの瞳。もふもふとした豊かな尻尾が自慢の大人のメス猫。

ミミリン・レイスターは、自分をレイスター家の長女だと思っている。

「にゃぁ〜ん」

ミミリンには最近とても気になっていることがある。

自分の妹分、ルーシー・レイスターの元気が日に日になくなっていくのだ。

ルーシーは自分をいつも「可愛い、綺麗、最高」と崇《あが》めてくれる。自分には及ばないものの、緩やかなカーブを描くストロベリーブロンドの髪は顔を埋めても気持ちがいいし、琥珀色の瞳はまるで美人な猫みたいで好感が持てる。ルーシーは、結構美人だ。まあ、自分には及ばないものの。

それに、ママのルリナの次にいい匂いがする。あれはなんだろう、お花の匂いに近いけれど、ミミリンの縄張りであるレイスター家のどのお花の匂いともちょっと違う。自分のお日様のぽかぽかした匂いとも違うのに不思議だと思っていた。

あとは、なんと言っても自分を誰よりも撫で、誰よりも遊びたがるルーシーが、ミミリンは大好きだった。

だって、毎日一回は必ず自分と遊びたがるのだ。ミミリンは仕方ないからいつも付き合ってあげる。そうしているうちにこの子は私が守ってあげなくちゃ、なんて思うようにもなっていた。

そんなミミリンの大事な妹分、ルーシーの元気がないなんて。これは由々《ゆゆ》しき事態である。

「ただいま、ミミリン。はあー……あなたを撫でていると落ち着くわ」

やっぱり今日も元気がない。

ミミリンは行動することにした。まずはやっぱり情報収集よね。

レイスター家の屋敷の扉には、ミミリンが自由に出入りできるようにあちこちに猫ドアがついている。

いつものようにツンとすまして猫ドアをくぐる。ミミリンは高貴で美しい猫だから、歩く姿も美しくなくてはいけない。

いつもならば美しく整えられたレイスター家の庭でのんびり日向《ひなた》ぼっこでもするところだけれど、今日のミミリンにはやることがある。

ひょいっと屋敷の塀の上にのぼると、屋敷の外へ出た。

レイスター家で家族の会話をいつも聞いているミミリンにはわかっていた。

きっと、ルーシーを悲しませている原因は、彼女が通っている王宮にあるはずだ。

屋敷の外を王宮へ向かって歩いていく道すがら、いろんな猫に何度も声を掛けられる。

『あら、ミミリン。珍しいわね、おでかけ？』

『ミミリン姉ちゃま！　また遊んで～～！』

『ミミリン！　たまには猫集会に顔出せよなー』

『こらー！　ミミリン、あんた全然アタシに会いに来ないんだからー！』

『ミ、ミミリンさん！　よかったら今度僕とデートを……あああっ、待ってええ！』

『ふん！　今わたしはそれどころじゃないのよ！』

ツンと周りの声を無視するミミリン。

ミミリンは、人気者だ。

王宮に着き、人に見つからないようにぐんぐん進んでいく。

こっそりメイドたちに可愛がられ、王宮をナワバリにしている猫もミミリンの友達だから、友達に会うため王宮内にも何度も来ていた。

ルーシーがいそうな場所をいくつか探して、ついにその姿を見つける。

「うにゃっ⁉」

（なんなの……この地獄の雰囲気……！）

そこではルーシーと、ものすごく不機嫌そうな顔をした少年が向かい合って座っていた。

ミミリンにはすぐにわかった。ルーシーを悲しませている原因は、まさにあの少年だと。

（なにあいつ！　わたしの妹分を悲しませてるなんて……大嫌い！）

だけど、原因がわかったところでミミリンには直接ルーシーを助けることなどできはしない。

せいぜい、元気をなくし、心の疲れ果てたルーシーに寄り添い慰めることくらい。

（わたしがもっと、ルーシーに何かしてあげられればいいのに）

夜になるとルーシーは屋敷でミミリンを撫で、深いため息をつく。

家族に心配をかけないようにと、ミミリンの前以外では明るく振る舞うルーシー。

「うにゃあーん」

「ふふ、ミミリン、あなたは本当に可愛い……」


「ああ！　どうして！　どうしてなのクラウス……っ！」

ママ、ルリナが泣き崩れる。

ある時突然、パパのクラウスが、いなくなった。ミミリンにもそれがどういうことなのかよくわかっている。……もう二度と、あんなにミミリンを愛してくれたクラウスには会えない。

弟分のマーカスは事実が受け入れられないようで呆然と立ち尽くし、ルーシーは人形のような能面で感情をなくしてしまったように見える。

ああ、ミミリンの、大事な家族が。幸せが、音を立てて崩れていく……。

ミミリンは、このとき初めて無力な自分を呪《のろ》った。

真っ白で艶やかな毛並み、宝石のような品のあるブルーの瞳。もふもふとした豊かな尻尾が自慢の大人のメス猫。

ミミリン・レイスターは、自分をレイスター家の長女だと思っている。

「にゃぁ〜ん？」

ミミリンは、いつもと違う初めて感じる人間の気配にそっと目を開け夢の世界から戻ってくる。

「やあ、バルフォア家のご子息殿。君の父上がどうしてもとあまりにもしつこいから時間を作ったけれど、いったい何の用で来たのかな？」

パパ、クラウスの棘のある声を耳にして、ミミリンはそっと陰から様子を窺っていた。

「ルーシー嬢に求婚することを許していただきたく参りました」

クラウスの態度にもひるまず、そこからルーシーへの恋心を怒涛の勢いで告白し始めた男。

「ふにゃあおーん」

（ふうん。この坊や、わたしの大事な妹分、ルーシーが好きってわけ。いいわ！　このわたしがルーシーに相応《ふさわ》しい相手かどうか見極めてあげようじゃないの！）

……アルフレッドがミミリンのお気に入りになるまで、あと少し――。

アリアンローズ既刊好評発売中!!

最新刊行作品

騎士団の金庫番 ①～②
～元経理OLの私、騎士団のお財布を握ることになりました～
著／飛野 猶　イラスト／風ことら

婚約破棄をした令嬢は我慢を止めました ①～②
著／棗　イラスト／萩原 凛

転生令嬢、今世は愛する妹のために捧げますっ！ ①
著／遊森謡子　イラスト／hi8mugi

ぬりかべ令嬢、嫁いだ先で幸せになる ①～②
著／デコスケ　イラスト／封宝

裏切られた黒猫は幸せな魔法具ライフを目指したい ①
著／クレハ　イラスト／ヤミーゴ

猫に転生したら、無愛想な旦那様に溺愛されるようになりました。
著／シロヒ　イラスト／一花 夜

私、魅了は使っていません
～地味令嬢は侯爵家の没落危機を救う～
著／藍沢 翠　イラスト／村上ゆいち

明日、結婚式なんですけど!? ①
～婚約者に浮気されたので過去に戻って人生やりなおします～
著／星見うさぎ　イラスト／三湊かおり

コミカライズ作品

悪役令嬢後宮物語 全8巻
著／涼風　イラスト／鈴ノ助

誰かこの状況を説明してください！ ①～⑨
著／徒然花　イラスト／萩原 凛

魔導師は平凡を望む ①～㉘
著／広瀬 煉　イラスト／⑪

ヤンデレ系乙女ゲーの世界に転生してしまったようです 全4巻
著／花木もみじ　イラスト／シキユリ

転生王女は今日も旗を叩き折る ①～⑥
著／ビス　イラスト／雪子

お前みたいなヒロインがいてたまるか！ 全4巻
著／白猫　イラスト／gamu

侯爵令嬢は手駒を演じる 全4巻
著／橘 千秋　イラスト／蒼崎 律

復讐を誓った白猫は竜王の膝の上で惰眠をむさぼる ①～⑥
著／クレハ　イラスト／ヤミーゴ

悪役令嬢の取り巻きやめようと思います 全4巻
著／星窓ぽんきち　イラスト／加藤絵理子

乙女ゲーム六周目、オートモードが切れました。 全3巻
著／空谷玲奈　イラスト／双葉はづき

平和的ダンジョン生活。 全3巻
著／広瀬 煉　イラスト／⑪

転生しまして、現在は侍女でございます。 ①～⑦
著／玉響なつめ　イラスト／仁藤あかね

自称平凡な魔法使いのおしごと事情 シリーズ
著／橘 千秋　イラスト／えいひ

聖女になるので二度目の人生は勝手にさせてもらいます 全3巻
著／新山サホ　イラスト／羽公

魔法世界の受付嬢になりたいです 全3巻
著／まこ　イラスト／まろ

異世界でのんびり癒し手はじめます 全4巻
～毒にも薬にもならないから転生したお話～
著／カヤ　イラスト／麻先みち

冒険者の服、作ります！ ①～③
～異世界ではじめるデザイナー生活～
著／甘沢林檎　イラスト／ゆき哉

妖精印の薬屋さん ①～③ ※3巻は電子版のみ発売中
著／藤野　イラスト／ヤミーゴ

どうも、悪役にされた令嬢ですけれど 全2巻
著／佐槻奏多　イラスト／八美☆わん

脇役令嬢に転生しましたがシナリオ通りにはいかせません！ ①～②
著／柏てん　イラスト／朝日川日和

王子様なんて、こっちから願い下げですわ！ ①～②
～追放された元悪役令嬢、魔法の力で見返します～
著／柏てん　イラスト／御子柴リョウ

明日、結婚式なんですけど!?

～婚約者に浮気されたので過去に戻って人生やりなおします～　1

＊本作は「小説家になろう」(https://syosetu.com/)に掲載されていた作品を、大幅に加筆修正したものとなります。
＊この作品はフィクションです。実在の人物・団体・事件・地名・名称等とは一切関係ありません。

2021年11月20日　第一刷発行

著者 …… 星見うさぎ

イラスト …… 三湊かおり
発行者 …… 辻 政英
発行所 …… 株式会社フロンティアワークス
〒170-0013　東京都豊島区東池袋3-22-17
東池袋セントラルプレイス5F
営業　TEL 03-5957-1030　FAX 03-5957-1533
アリアンローズ公式サイト　https://arianrose.jp/
フォーマットデザイン …… ウエダデザイン室
装丁デザイン …… 鈴木 勉(BELL'S GRAPHICS)
印刷所 …… シナノ書籍印刷株式会社